Sarah Saxx

Ein bisschen mehr als Liebe

Bibliografische Information der Deutschen Nationalbibliothek:
Die Deutsche Nationalbibliothek verzeichnet diese Publikation
in der Deutschen Nationalbibliografie; detaillierte bibliografische
Daten sind im Internet über www.dnb.de abrufbar.

1. Auflage, April 2016

Lektorat: Kornelia Schwaben-Beicht, www.abc-lektorat.de
Korrektorat: Sybille Weingrill, www.swkorrekturen.eu
Satz und Coverdesign:
Alexa Zwölfer, www.schmetterlingsfabrik.at
Verwendete Fotos: © UBER IMAGES, © JiSign – fotolia.com
Autorenfoto: Fotografie Monika Aigner, www.fotografie-aigner.at

Herstellung und Verlag:
BoD – Books on Demand, Norderstedt
Taschenbuch: ISBN 978-3-8391-4981-2

Sarah Saxx

Ein bisschen mehr als Liebe

A Greenwater Hill Love Story

Für Franzi,

Grinsekatze, helfender Engel in der Not,

Muse, beste Testleserin und

heimliches Oberhaupt von Greenwater Hill.

Eins – Louise

»Wie bitte? Was soll das heißen, Sie werden woanders gebraucht?«

Fast wäre ich vor Schock in den Graben gefahren, als mich die Hiobsbotschaft meiner Möbelpacker mitten im Nirgendwo überrumpelte. Zum Glück behielt ich die Kontrolle über meinen alten Ford, fuhr an den Straßenrand und stieg mit zittrigen Knien aus. Der Wind blies mir kalt um die Ohren, und ich hielt meine leichte Jacke mit der freien Hand zu.

»Keine Sorge, Miss. Unser Chef sucht bereits nach einem Ersatz.«

Na, der hatte Nerven.

»Was heißt da Ersatz? Wieso können Sie nicht meine Möbel und den ganzen anderen Kram nach Greenwater Hill fahren? Wo sind Sie jetzt überhaupt? Und was passiert mit meinen Sachen? Sie können den Wagen doch nicht einfach so stehen lassen …«

»Wir sind auf dem Highway 395, etwa vierzig Meilen nach Kennewick. Wir fahren noch bis Connell, dort werden wir abgeholt.«

»Ja … aber … was passiert mit meinen Sachen?«, fragte ich noch einmal und fühlte mich zunehmend hilflos.

Dass ich mit Sack und Pack von Oregon quer durch den Staat Washington unterwegs war – oder genau genommen mein Hab und Gut in einem Umzugswagen ungefähr zweihundert Meilen hinter mir folgte und sich dieser Abstand jetzt auch noch vergrößern würde –, hatte ich meinem neuen Job in Greenwater Hill zu verdanken. Entgegen dem Wunsch meiner Eltern nicht in meinem Heimatort Portland zu bleiben, sondern rund vierhundertfünfzig Meilen entfernt an der kanadischen Grenze ein neues Leben starten zu wollen, war jedoch zugegebenermaßen eine Blitzaktion.

Innerhalb von drei Wochen hatte ich mich um den Job als Advisor für Wirtschaftsförderung von Greenwater Hill beworben, war für ein Einstellungsgespräch vor Ort gewesen und hatte mich direkt nach der Zusage nach einer neuen Bleibe umgesehen. Prompt hatte ich auch Glück gehabt und ein echt schönes, kleines Häuschen gefunden, das ich relativ günstig mieten konnte.

Ich war schon immer ein spontaner Mensch gewesen und hatte keine Angst davor, meinem Leben jetzt eine neue Richtung zu geben. Immerhin war ich jung, ungebunden und hatte noch die Möglichkeit, meine Zukunft in völlig neue Bahnen zu lenken. Herauszufinden, wohin mich der Wind tragen würde, wenn ich auf die nächste Brise aufspringen würde. Das war doch toll, oder? So richtig abenteuerlich. Wobei es sich gerade in diesem Moment alles andere als aufregend anfühlte. Eher *zu abenteuerlich* oder gar *nervenaufreibend*.

»Wenn der Chef sagt, er sucht gleich nach Ersatz, dann findet er auch einen.«

Na bitte, wenn der Chef es sagt …, dachte ich und verdrehte genervt die Augen.

»Können Sie mir die Nummer von Ihrem Vorgesetzten geben? Ich würde mich gerne selbst davon überzeugen, dass meine Habseligkeiten sicher bei meiner neuen Adresse ankommen.«

Ich hatte keine Wertgegenstände. Aber das, was sich in diesem Lastwagen befand, war alles, was ich besaß. Meine Fotoalben aus der Kindheit, meine Zeugnisse, meine Klamotten, mein Bett … Verdammt! Ich würde heute nicht einmal ein Bett haben, denn mit etwas Pech würde dieses ohne mich auf dem Highway übernachten.

Für ein Zimmer in einem Motel fehlte mir aber gerade völlig das Geld. Das war auch der Grund, weshalb ich diesen Job in dem kleinen Städtchen mitten im Nirgendwo angenommen hatte. Okay, hauptsächlich eher deshalb, weil ich hoffte, dort all mein Erlerntes aus meinem Wirtschaftsstudium mit Schwerpunkt Marketing und Finanzen einsetzen zu können. Wobei ich auch gestehen musste, dass mir eine ähnliche Anstellung in einer großen Stadt wie Portland lieber gewesen wäre – aber darauf hatte ich die letzten Monate vergeblich gewartet.

»Tut mir leid, Miss Foley, aber wir haben die strikte Anweisung erhalten, die Nummer vom Chef nicht weiterzugeben.«

»Und woher soll ich nun wissen, dass der *Ersatz* …« Ich betonte dieses Wort besonders abfällig. »… vertrauenswürdig ist? Geschweige denn, dass die wissen, wo sie hinmüssen. Und …«

»Miss! Noch einmal. Mehr kann ich Ihnen auch nicht sagen. Beruhigen Sie sich jetzt erst mal und fahren Sie weiter. Meine Nummer haben Sie ja – sollte sich bis zum späten Nachmittag niemand bei Ihnen gemeldet und Sie Ihre Sachen noch nicht erhalten haben, rufen Sie mich erneut an. Verstanden?«

Sosehr ich mich auch bemühte, verantwortungsvoll, reif und erwachsen zu klingen, es misslang mir. Ich murmelte ein verzweifeltes »In Ordnung« ins Telefon, was mit einem »Gut. Auf Wiederhören« beantwortet wurde. Und dann war es still an meinem Ohr.

»So ein verdammter Kackmist!« Wütend kickte ich Kieselsteine vor meiner Schuhspitze weg. Dann stieg ich ein und fuhr weiter. Was anderes konnte ich ohnehin nicht machen.

Sosehr ich mich die letzten Tage und Wochen auf meine neue Aufgabe als Advisor für Wirtschaftsförderung gefreut hatte, so wurde meine Laune durch dieses Telefonat innerhalb weniger Minuten von den rosaroten Wolken ganz oben nach unten in den Matsch gezogen.

Ich fluchte und schimpfte bestimmt noch eine halbe Stunde weiter – wenn nicht länger. Irgendwann sah ich ein, dass das Dampfablassen auch nichts an der Situation ändern würde, und drehte das Radio auf volle Lautstärke. Dann erst beruhigte ich mich etwas. Da ich jetzt mehr Zeit als erwartet hatte, beschloss ich, im nächsten Ort, den ich passieren würde, etwas zu essen zu besorgen.

Kaum in Davenport angekommen, entdeckte ich ein nett aussehendes Bistro, in dem ich einen leckeren French Toast verschlang. Es ärgerte mich, dass ich nicht auf meine Mom gehört und aus reiner Sturheit auf Proviant verzichtet hatte – aber dann hätte sie *wieder* ihren Willen bekommen, und das wollte ich nicht. Nie mehr.

Als ich nach meiner Pause und nach knapp drei Stunden Fahrtzeit endlich Greenwater Hill erreichte, war mein Ärger über den Anruf des Umzugsunternehmens so weit verflogen, dass ich die Umgebung neugierig betrachtete.

Das also war mein neues Zuhause. Nicht, dass ich nicht schon einmal diese Straßen entlanggefahren wäre, aber nun konnte ich mich auch richtig darauf einlassen, ohne das nervöse Gefühl eines bevorstehenden Vorstellungsgespräches in mir.

Ich fuhr an kleinen Häusern mit hellen Holzvertäfelungen und Veranden mit Hängeschaukeln vorbei. Alles wirkte auf mich idyllisch, gemütlich und stressfrei. Hier war alles viel weitläufiger angesiedelt als in Portland. Außerdem waren mir, seit ich die Stadtgrenze von Greenwater Hill passiert hatte, genau vier Autos entgegengekommen – nichts im Vergleich zu dem Verkehr einer Großstadt wie Portland oder Seattle.

Die Bäume der umliegenden Wälder leuchteten in saftigem Grün, wobei die Laubbäume noch ziemlich kahl aussahen. Doch das machte nichts. Trotzdem sah es hier einfach nach Urlaub aus. Nach Ruhe und Naturverbundenheit. Nach Entspannung und Erholung – und das war für meine aktuelle Stimmung auf jeden Fall von Vorteil.

Als ich in die Einfahrt zu meinem neuen Zuhause fuhr, war ich erleichtert, endlich angekommen zu sein. Ich beschloss, dass ich bis zum Eintreffen des Umzugswagens die wenigen Dinge, die in meinem Auto mit hierhergekommen waren, in mein neues Heim tragen wollte.

Ich hatte nur meine Handtasche in den Innenraum meines Fords gepackt sowie die drei Zimmerpflanzen, um die ich in dem Lastwagen Angst gehabt hätte. Und natürlich meine Kaffeemaschine. Sie war mein absolutes Heiligtum und musste auf jeden Fall zu-allererst einziehen. Und der Kofferraum war voll mit meiner Bettwäsche, für die ich keine passende Tasche mehr hatte auftreiben können.

Ich musste schmunzeln. Wenigstens die hatte ich hier – im Notfall würde ich mich in meine Decke einwickeln und die Nacht auf dem Boden schlafen. Und morgen würde ich diesem »Chefchen« den Marsch blasen, sollte der Lastwagen tatsächlich nicht mehr heute hier auftauchen. Oh, und wehe, wenn meinen Sachen *irgendwas* passieren würde ...

Als ich ausstieg, war ich mit einem Mal total auf-geregt. Hey, verdammt, ich befand mich auf meinem eigenen Grundstück, vor meinem eigenen Haus! Ich war zwar nicht die Eigentümerin, aber immerhin die alleinige Mieterin. Und es sah richtig malerisch aus. Ich hatte wahrscheinlich glänzende Augen wie ein kleines Kind, das vor dem Weihnachtsbaum stand.

Der Lack der weißen Holzlatten glänzte, als hätte jemand die Fassade frisch gestrichen. In dem kleinen Blumenbeet neben der Veranda blühten bereits die ersten Frühlingsboten, und der Garten dahinter ging nahtlos in das angrenzende kleine Waldstück über. Mein neues Heim lag am Stadtrand, und nur wenige Häuser waren in dieser Straße bewohnt, hatte ich mir sagen lassen, was das Gefühl von Ruhe und Urlaub noch einmal verstärkte. Endlich konnte ich das hekti-sche Leben der Großstadt hinter mir lassen.

Seit ich das Häuschen besichtigt und den Mietver-trag unterzeichnet hatte, fieberte ich dem Tag entgegen, an dem ich endlich hier einziehen konnte.

Als ich die Haustür öffnete, schlug mir etwas sti-ckige Luft entgegen, was meine Freude jedoch nicht minderte. Ich ließ die Eingangstür sperrangelweit offen und beschloss auch gleich, die übrigen Fenster im Haus aufzureißen, um Frischluft hereinzulassen. Kleine Staubflocken tanzten im Licht der Sonne, das durch die Fenster rechts von mir hereinfiel, bevor sie der Wind wild durcheinanderwirbelte und förmlich aus dem Haus zu fegen schien.

Der Geruch nach frischer Farbe und Holz lag in der Luft, und diesmal musste ich im Gegensatz zur ersten Besichtigung mit dem Makler das aufgeregte Quietschen nicht unterdrücken, als ich das Wohnzimmer betrat, in dem ein großer gemauerter Kamin stand. Ich wusste noch nicht, ob ich es jemals schaffen würde, darin Feuer zu machen – meine Eltern hatten in Portland jedenfalls keinen Kamin. Aber bis es so weit wäre und ich auf die Wärme eines prasselnden Feuers angewiesen sein würde, hatte ich – so hoffte ich – noch mindestens ein halbes Jahr Zeit.

Mein Vermieter hatte Wort gehalten und auch den einzelnen Räumen einen neuen Anstrich sowie den letzten Feinschliff verpasst. Es roch fremd und doch einfach fantastisch. Jeder meiner Schritte hallte von den kahlen Wänden wider, und ich konnte es kaum erwarten, diese mit meinen Bildern zu dekorieren und mich einzurichten.

Die Küche sah traumhaft aus mit der dunklen Granitplatte, und ich freute mich schon darauf, hier das erste Mal für mich zu kochen. Für mich ganz alleine.

»Hallo? Ist da jemand?«, hörte ich eine Stimme von draußen.

Wie nett, es kommen sofort die Nachbarn, um mich willkommen zu heißen, schoss es mir durch den Kopf.

Fast begann ich zu singen, so sehr hatte mich dieses tolle Hochgefühl gepackt. Ich hätte die ganze Welt umarmen können … oder … diesen Mann, der eben an meinem Türrahmen lehnte und mich anlächelte.

Wow!

»Hi. Ja, ich bin hier.« Was für eine intelligente Antwort. Aber angesichts der Tatsache, dass ich nicht nur wegen meiner ersten eigenen Bleibe so aufgeregt war, sondern auch wegen dieses Mannes, war ich wohl entschuldigt.

Heiliger Bimbam! Da war ich während meines Wirtschaftsstudiums in Seattle jahrelang von jungen, teils sogar wirklich attraktiven Männern umgeben gewesen – doch ich musste erst nach Greenwater Hill kommen, um diesem Traum von Mann gegenüberzustehen.

Er hatte kurze dunkelblonde Haare, seine Statur war kräftig, und mich erinnerte er an einen dieser harten Naturburschen, die mit einem Bären kämpfen würden, um eine Frau zu beschützen.

Dazu kam, dass dieser Kerl nur Jeans und ein enges T-Shirt trug und nicht zu frieren schien, während mich trotz meiner Jacke im kühlen Wind fröstelte. Ein Dreitagebart betonte seine kantige Gesichtsform, seine Jeans saß locker auf der Hüfte, und seine alten, abgewetzten Boots verrieten, dass er einer jener Männer war, die kräftig anpackten und sich für keine Arbeit zu schade waren. Wie sexy!

»Wie kann ich Ihnen helfen?«, fragte ich dann doch, denn außer zu einem belustigten Grinsen hatte er sich noch zu nichts hinreißen lassen.

Reiß dich am Riemen!, schalt ich mich, doch schon wanderten meine Augen wieder zu seinen, die so grün waren wie der Wald, der sich hinter meinem Haus auftat.

»Sind Sie Louise Foley?«

Hach … alleine, wie er meinen Namen sagte! Wobei es mich meine volle Konzentration kostete, dem zu folgen, was zwischen seinen vollen, sinnlichen Lippen hervorkam. Ich war schon etwas überrascht, wie schnell die Neuigkeit, dass ich in diese kleine Stadt zog, sich offenbar herumgesprochen hatte. Sogar meinen Namen kannte man hier schon, wohingegen ich gerade mal wusste, dass die Bürgermeisterin Clara Fontaine hieß.

»Die bin ich, und Sie sind …?«

Ich streckte ihm meine Hand entgegen, die er fest packte und schüttelte. Dieser Typ hatte Kraft – das war auch an seinem Händedruck zu spüren. Ich mochte es, wenn Männer fest zupacken konnten, ohne dabei jedoch die Schmerzgrenze zu überschreiten. Es gab doch nichts Schlimmeres, als wenn ein Mann einem zur Begrüßung die Finger beinahe zerquetschte.

»Noah Baker. Ich bringe Ihre Möbel.«

Damit deutete er über seine Schulter, und als ich mich auf die Zehenspitzen stellte und an ihm vorbei einen Blick auf die Straße warf, sah ich ihn: den Lastwagen, bei dem ich vor einigen Stunden noch zugesehen hatte, wie die beiden Männer vom Umzugsservice meine Möbel und mein Leben in Kartons und Schachteln hineingeladen hatten.

So ein Mist! Das hieß dann wohl, dass ich dieses Prachtexemplar von Mann nur diesen einen Tag genießen durfte. Und das noch nicht einmal alleine …

»Okay, dann fangen Sie und Ihr Kollege mal an, alles hereinzutragen«, sagte ich, nicht ohne einer kleinen Spur von Enttäuschung in meiner Stimme. »Ich sage Ihnen, was in welchen Raum kommt.«

Jetzt war eigentlich der Zeitpunkt gekommen, an dem dieser Noah Baker auf dem Absatz umdrehen und im Laufschritt zum Lastwagen zurücksprinten sollte. Einerseits, damit ich seine bestimmt sehr ansehnliche Rückenansicht genießen durfte, und andererseits, weil die Männer vermutlich schnell fertig werden mussten, wenn es Personalengpässe gab. Bestimmt würden sie in nicht einmal einer Stunde alles ausgeräumt und aufgestellt haben. So viel besaß ich nämlich nicht.

Doch dieser Mann hatte es wohl doch nicht so eilig wie angenommen, denn er lehnte immer noch an meinem Türrahmen und lächelte mich an.

Okay, von mir aus konnten wir ja auch noch ewig so weitertun. Jede Minute, die wir auf diese Weise miteinander genossen, war doch toll. Wäre da nicht diese Sache mit meinem Bett im Lastwagen. Und jetzt, wo es in greifbarer Nähe stand, hatte ich beschlossen, dass es ganz gut wäre, *doch* heute Nacht darin zu schlafen und nicht mit dem harten, kalten Boden vorliebnehmen zu müssen.

»Da gibt es ein kleines Problem ...«, begann er, gerade als ich vor meinem inneren Auge die Szene abspulte, wie er mein Bett in meinem Schlafzimmer aufstellte. Dieser Gedanke gefiel mir ... wäre da nicht ...

»Ach so? Welches denn?«

Wieder sah ich an ihm vorbei zu dem Lastwagen. Dieser sah doch ganz normal aus. Oder ... hatte ihn jemand ausgeraubt? Wobei, dann wäre er bestimmt nicht hierher gefahren, um es mir zu sagen, oder?

»Meinem Kollegen, mit dem ich sonst immer zusammenarbeite, ist ein Klavier auf den Fuß gefallen.«

Ein lautes Lachen schüttelte mich, bis mir klar wurde, dass er keinen Scherz gemacht hatte.

»Das ... war kein Witz?«, fragte ich dann peinlich berührt.

»Tja, so lustig das auch klingt … das ist mein voller Ernst.«

Er lächelte mit gerunzelter Stirn und fuhr sich mit der freien Hand durch seine kurzen Haare. »Also so leid es mir tut, aber ich brauche zumindest bei den großen Möbelstücken etwas Hilfe.«

Bei den großen Möbelstücken … Da waren einmal mein Schreibtisch, den ich ins Gästezimmer stellen wollte, die Schrankwand für das Wohnzimmer, die schon in meinem Zimmer bei meinen Eltern gestanden hatte, der Esszimmertisch und … mein Bett.

Fand ich es eben noch prickelnd, ihm zuzusehen, wie er mein Bett in mein Schlafzimmer stellte, so wurde mir auf einmal heiß bei der Vorstellung, es gleich tatsächlich mit ihm gemeinsam dorthin zu tragen.

Ich schluckte.

»Wäre denn vielleicht … Ihr Mann oder … Ihr Freund so nett …?«

Mein Herz klopfte schneller, und ich starrte in seine tannengrünen Augen, mit denen er mich fragend musterte. Ich räusperte mich und schüttelte dann den Kopf.

»Ähm, ja, weder … noch. Da muss ich wohl ran …«

Das schien für ihn zu genügen, denn er drehte sich um und ging auf den Lastwagen zu. Ich folgte ihm mit einigen Schritten Abstand, den Blick auf seinen verdammt knackigen Hintern gerichtet, der das Highlight seiner ansehnlichen Rückansicht war.

Nachdem er den Anhänger geöffnet hatte, packte Noah den Griff an der Seite und zog sich daran hoch. Dabei sah er aus, als wäre es ein Klacks, sich hochzuschwingen und dabei noch so lässig auszusehen.

»Okay, das haben wir gleich.« Verwirrt fuhr er sich durch seine kurzen Haare. »Ich räume eben den Platz frei, sodass wir die großen Möbel zuerst erreichen können. Dann müssen Sie nicht in der Kälte warten, bis ich die paar Kisten davor ins Haus getragen habe.«

Beeindruckt stand ich neben der Laderampe und sah ihm zu, wie er die schweren Kisten und Kartons hob und zur Seite hievte, bis er mein Bett freigelegt hatte. Dabei versuchte ich, möglichst ungerührt zu wirken, als ich das Spiel seiner Muskeln beobachtete.

»Kommen Sie mal rauf! Wir müssen das Bett auf die Laderampe stellen.«

Er streckte mir die Hand entgegen. Ich griff danach, stellte meinen Fuß auf das kleine Trittbrett und drückte mich vom Boden weg. Gleichzeitig zog er mich hoch, und als wäre ich federleicht, flog ich förmlich nach oben.

Den Schwung hatten wir aber beide unterschätzt, denn ich landete in seinen Armen. Die Situation hätte mir peinlich sein sollen, aber ich unterdrückte dieses Gefühl noch für einen Moment. Ich genoss es wirklich, an seiner starken Brust zu liegen, seine Hände auf meinem Rücken und das schnelle Klopfen seines Herzens unter meinen Fingern zu spüren.

Unsere Augen hielten aneinander fest, so wie wir uns in den Armen lagen.

»Alles in Ordnung?«, fragte er leise und mit rauer Stimme.

Alles, was mir einfiel, was ich darauf hätte sagen können, hätte mich aus dieser Umarmung gezogen. Aber ich wollte das nicht. Also nickte ich nur und genoss es, wie die Wärme seines Körpers über meine Handflächen in mich zu fließen schien und wie sein Atem, der leicht nach Minze roch, meine Wangen streifte.

»Dann … lass uns anfangen«, entschied er und ließ mich langsam los.

Nun lag es auch an mir, mich von ihm zu lösen, denn alles andere wäre mehr als seltsam und mir vor allem höchst unangenehm gewesen.

Er drückte einen Knopf an der Seite des Wagens, und die hydraulische Laderampe fuhr hoch. Als sie wie eine Verlängerung des Bodens des Lastwagens wirkte, wandte er sich wieder an mich.

»Nimm du das Bett an diesem Ende, und ich gehe nach hinten und hebe dort an.« Er deutete mit dem Kopf in die Richtung und drängte sich bereits zwischen meinen Habseligkeiten hindurch.

Ich griff nach dem Fußende meines Bettrahmens, während Noah das schwerere Kopfteil nahm.

»Dann mal los«, gab er als Anweisung, ehe er es hochhob und ich langsam im Rückwärtsgang auf die leicht federnde Laderampe stieg. Dass ich Höhenangst hatte und normalerweise nicht einmal auf eine Leiter steigen konnte, ohne dass mir schwindelig wurde, blendete ich so gut wie möglich aus. Der Wunsch, heute Nacht in meinem Bett zu schlafen, war einfach stärker als diese Panik in mir, von hier oben runterzufallen.

Noah dirigierte mich geduldig, bis wir beide auf der Rampe standen.

»Achtung, gleich geht's abwärts«, versprach er und drückte wieder einen der Knöpfe an der Wageninnenseite.

Mit einem Ruck setzte sich der Lift in Bewegung, und ich keuchte leise auf. Meine Hände waren schweißnass, und ich krallte mich in das Holz des Bettgestells. Erst, als dieses Teil zum Stillstand kam, konnte ich wieder atmen.

»Alles okay?«, fragte er mit hochgezogenen Brauen.

»Ja, ja.« Ich bemühte mich um ein tapferes Lächeln und hob meinen Teil des Bettes an.

Noah musterte mich noch kurz, ehe er nun auch das Kopfteil hochhievte und rückwärts auf mein Haus zuging.

»Wo soll das Bett hin?«, fragte er, als wir über die Türschwelle stiegen.

»Nach links«, gab ich ihm die Anweisung, und sofort bog er ab.

Das Bett durch die Tür zu bekommen, war dann noch einmal etwas tricky. Aber wir schafften es dann doch. Ich war zwar völlig aus der Puste und meine Arme schmerzten, aber kurz darauf hatte das Bettgestell seinen finalen Platz gefunden. Und das hatte für mich heute oberste Priorität gehabt.

»Ich hole jetzt die Matratze und alles andere, was ich alleine tragen kann. Sollte ich noch mal Hilfe brauchen, melde ich mich.«

»Okay. Willst du … also … ich koche mir einen Kaffee. Möchtest du auch einen?«

Er grinste breit und zeigte mir seine geraden, weißen Zähne. »Ein Kaffee geht immer.«

Dann ging er an mir vorbei, und ich konnte es wieder nicht lassen, ihm auf seinen knackigen Hintern zu starren.

»Falls du Zucker hast, wäre das der Hammer«, sagte er, als er sich umdrehte und mir zuzwinkerte.

Verdammt! Hatte er gesehen, wie ich ihm auf seine Kehrseite gestarrt hatte?

Seufzend lehnte ich mich an die kühle Wand und versuchte, meine Gedanken zu ordnen. Wenn mich nicht alles täuschte, flirtete dieser Mann mit mir. Und … als

wir uns im Lastwagen in die Arme gefallen waren ...
Mensch, ich würde alles für eine Wiederholung geben!

Dieser Kerl war zum Anbeißen.

Ich atmete tief durch und drückte mich von der Wand weg. Dann ging ich zu meinem Wagen, um Kaffeemaschine, Wasserkanister, Kaffeepulver und Tassen zu holen. Meine beiden Lieblingstassen hatte ich ebenfalls in mein Auto gepackt und sie nicht zum restlichen Geschirr in den Lastwagen gegeben. Dieses war noch originalverpackt – immerhin hatte ich bisher noch keine Verwendung dafür gehabt.

Als ich alles in der Küche aufgestellt und einge-steckt, Kaffeepulver in die Filtertüte geschaufelt, den Wassertank aufgefüllt hatte und die Kaffeemaschine ihre ersten glucksenden Geräusche von sich gab, fühlte ich mich, als wäre ich angekommen. Sofort roch es herrlich, und um diesen Duft hier drinnen zu behal-ten, schloss ich alle Fenster wieder. Inzwischen war es ziemlich abgekühlt, und ich konnte nur hoffen, dass die Heizung funktionierte.

Mein Gott, was für ein schlaues Mädchen ich doch war! Hätte mein Esszimmertisch schon hier gestanden, hätte ich mit dem Kopf darauf schlagen können. Aber nicht einmal mein Schreibtisch war da, der wartete ebenfalls noch im Lastwagen bei Noah ...

Hätte ich nämlich vorhin weitergedacht, hätte ich zuallererst die Heizung ausprobiert und nicht erst das ganze Haus um einige Grade runtergekühlt. Ich rieb mir mit meinen Händen die Oberarme durch die Jacke und ging dann noch einmal nach draußen, um meine restlichen Sachen aus dem Auto zu holen.

Noah kam mir mit der Matratze entgegen, und als ich in seine Augen sah, hüpfte mein Herz aufgeregt.

Er lächelte verschmitzt, und ich konnte nicht anders, als es ihm gleichzutun.

Mit der Bettwäsche unter dem Arm ging ich wenig später zurück ins Haus. Noah war schon wieder im Lastwagen und hievte Kisten auf die Laderampe.

Der Kaffee lief noch immer in die Glaskanne, also beschloss ich, gleich das Bett zu beziehen. Wenn dieser Tag überstanden war, würde ich sowieso wie tot in die Federn fallen und dann bestimmt keine Lust mehr darauf haben, noch mit dem Bettzeug zu kämpfen.

»Das ist wirklich interessant«, hörte ich da Noah hinter mir, und ich zuckte zusammen.

»Hast du mich erschreckt.« Ich knöpfte den Überzug des Kissens zu und warf es dann aufs Bett. »Was ist denn interessant?«, fragte ich dann so beiläufig wie möglich und drängte mich an ihm vorbei in Richtung Küche.

Ich schenkte uns zwei Tassen Kaffee ein. Die Zuckerdose schob ich Noah mitsamt seinem Kaffee entgegen, lehnte mich an der Arbeitsfläche an und legte beide Hände um mein wärmendes Gefäß.

Er schmunzelte die ganze Zeit und sagte kein weiteres Wort zu seiner dubiosen Aussage, was mich fast auf die Palme brachte. Wie konnte er nur so etwas in den Raum werfen, ohne dann weiterzusprechen? Fast wollte ich noch einmal nachfragen, was genau er mit »interessant« gemeint hatte.

»Das Erste, das du in deinem neuen Zuhause aktiviert hast, ist die Kaffeemaschine«, sagte er, als hätte er diese Tatsache erst jetzt bemerkt.

Dabei öffnete er die Zuckerdose, fischte mit zwei Fingern den Löffel heraus und schaufelte Zucker in seinen Kaffee. Einen. Zwei. Drei … Vier.

Innerlich schüttelte ich mich.

»Kaffee ist mein Lebenselixier«, antwortete ich, als würde das alles erklären. Wenn ich keinen Kaffee bekam, wurde ich unausstehlich, aber das verschwieg ich besser.

»Das erklärt natürlich einiges«, murmelte er verschmitzt und steckte den Löffel zurück in den Zucker.

»Du kannst damit ruhig umrühren, auch wenn es momentan der einzige Löffel ist, den ich hier habe. Die anderen sind in einer der Kisten verstaut, also …«

Doch er schüttelte den Kopf. »Danke, ich rühre den Zucker nie um. Ich mag es nicht so süß.«

Irritiert hob ich die Brauen. »Wieso gibst du dann vier Löffel Zucker in deinen Kaffee?«

»Wieso hast du das Bett schon fertig und die Kaffeemaschine in Betrieb genommen, wenn du noch nicht einmal eine Sitzgelegenheit im Haus hast?«, konterte er, und in dem Moment hatte ich meine Frage völlig vergessen.

»Tut … mir leid, dass du den Kaffee im Stehen trinken musst. Es sind zwei Stühle irgendwo ganz hinten im Lastwagen.«

Ich merkte, wie meine Wangen heiß wurden, und verlegen wich ich seinem Blick aus.

»Nein, mir tut es leid. Ich wollte dich nicht bloßstellen damit. Ich finde deine Reihenfolge nur … sehr interessant.«

Wäre er an jener Stelle – ungefähr einen Meter von mir entfernt – stehen geblieben, wäre es eine ganz normale Unterhaltung gewesen, die vielleicht ganz kurz in eine unangenehme Richtung abgerutscht war. Aber als er das sagte, machte er zwei Schritte auf mich zu und stand nun so nah vor mir, dass er mich fast berührte.

Mein Herz schlug so wild, dass ich jeden einzelnen Schlag an meinem Hals fühlen konnte. Ich sah zu ihm auf und versank in seinen grünen Augen.

Hatte ich schon erwähnt, dass mich dieser mir völlig fremde Mann verrückt machte? Verwirrt fuhr ich mir über das Gesicht und wischte eine widerspenstige Haarsträhne zurück, die sich gelöst hatte.

Als ich ihn jedoch wieder ansah, leckte er sich über die Lippen, und nun war mein Fokus darauf gerichtet – auf seinen sinnlichen Mund, der von wilden Bartstoppeln eingerahmt war. Sie verliehen ihm etwas Raues, Natürliches. Er war keiner der gebügelten Anzugtypen, wie sie in Portland zuhauf unterwegs waren. Er war noch ein richtiger Mann, und das war ein Punkt, der definitiv für ihn sprach. Schon wieder.

»Ich … ähm …«

»Wir sollten uns beeilen, bevor es dunkel wird«, half Noah mir über mein wirres Gestotter hinweg.

»Das wollte ich auch eben sagen«, log ich und trank hastig von dem heißen Kaffee, damit er nicht sah, dass ich geflunkert hatte. Ich war eine schlechte Lügnerin …

Noah nickte, setzte seine Tasse an den Mund und leerte sie in einem Zug. Dann stellte er sie auf der Arbeitsfläche ab, wischte sich mit dem Handrücken über die Lippen und grinste noch einmal frech, bevor er sich umdrehte und nach draußen ging.

Als ich durch das Küchenfenster sah, wie er in den Lastwagen kletterte, stieß ich endlich die Luft aus, von der ich gar nicht bemerkt hatte, dass ich sie angehalten hatte. Ich trank noch einen Schluck, ehe ich meine Tasse neben seine stellte, in der eine dicke Zuckerschicht den Boden bedeckte.

Dann ging ich zu meinem Wagen und trug die Pflanzen herein, die ich ins Wohnzimmer stellte, wo ich auf Noah wartete, um ihm zu zeigen, welche meiner Sachen in welchen Raum kommen sollten …

Zwei – Noah

So ein verdammter Scheiß, in den ich da geraten war! Erst fiel Ron aus und ich musste diesen Job alleine übernehmen, und dann stand diese zierliche Frau vor mir, der ich es nicht zumuten wollte, einen der Schränke zu heben. Schon beim Bettgestell hatte ich gemerkt, wie wenig Kraft sie hatte.

Dazu kam, dass sie *mir* auch meine Kraft entzog. Sie machte mich völlig verrückt mit ihrem süßen Lächeln und dem Stirnrunzeln. Und dann lehnte sie quer über dem Bett, das sie gerade bezog, und streckte mir ihren kleinen runden Po entgegen …

Fuck, der Job war noch nie so anstrengend gewesen wie diesmal!

Ich hatte aber auch noch nie für eine so heiße Kundin gearbeitet. Trotz ihrer Jacke konnte ich ihre perfekt geformte Figur erkennen mit Rundungen an den richtigen Stellen. Ihre lockigen blonden Haare trug sie im Nacken zusammengebunden, und ab und an lösten sich einzelne Strähnen, die ihr dann wie Korkenzieher vor dem hübschen Gesicht tanzten.

Als sich ihre sinnlichen Lippen an den Rand der Kaffeetasse gelegt hatten, hatte mein Verstand völlig abgeschaltet. Dazu kamen ihre braunen Augen, mit denen sie mich ansah wie Bambi im Wald auf der Suche nach ihrer Mutter. So viel Sex und Unschuld in einer Person brachten mich völlig aus dem Konzept. Und als Krönung des Ganzen war sie offensichtlich alleine nach Greenwater Hill gekommen – oder sie hatte einen Freund, der ein absoluter Vollidiot sein musste, weil er ihr an so einem wichtigen Tag nicht zur Seite stand.

Für mich gab es nur eine einzige Möglichkeit, den Tag zu überleben: nämlich tief durchzuatmen und mich von ihr nicht zu sehr aus der Fassung bringen zu lassen. Vorhin in der Küche hätte ich mich fast vergessen und sie geküsst!

Geküsst!

Das hätte mich meinen Job gekostet, und auf den konnte ich nicht verzichten. Noch nicht. Solange ich nichts Neues in Aussicht hatte, musste ich die Zähne zusammenbeißen und weiterhin Möbel schleppen, auch wenn ich viel lieber endlich eine Stelle in der Wirtschaft ergattern würde, für die ich die letzten Jahre Abend für Abend die Schulbank gedrückt hatte. Aber leider hatte mir noch niemand etwas Passendes angeboten, nach dem Motto: »Hey, du bist der Beste auf dem Gebiet, ich hab nur auf dich gewartet.« Bisher hatte es nur Absagen gehagelt.

Bevor jemand so etwas zu mir sagen würde, müsste ich erst einmal Berufserfahrung sammeln, wie mir oft genug in den letzten Monaten erklärt worden war.

Aber solange ich als Übergangslösung im Umzugsunternehmen arbeitete, weil ich ja von etwas leben musste, würde das nicht passieren. Ein Teufelskreis ...

Ich hob zwei Kisten an und trug sie übereinandergestapelt in das Haus. Louise war in der Küche. Sie hatte sich inzwischen einen Eimer geholt und wischte die

Küchenschränke aus. Dabei kniete sie auf der Arbeits-fläche und streckte sich nach oben, um die oberste Etage der Hängeschränke zu erreichen. Ihr Shirt war hochgerutscht und zeigte bestimmt zehn Zentimeter ihrer nackten Haut.

Verdammte Scheiße!

Ich unterdrückte ein Stöhnen, schloss kurz die Lider und konzentrierte mich darauf, dass ich hier war, um einer Kundin schwere Kisten ins Haus zu schleppen.

Einer Kundin, Noah!

»Wo sollen die hin?«

Sie drehte sich halb zu mir um und rutschte dann von der Arbeitsfläche. Mit wenigen Schritten war sie bei mir.

»Darf ich mal?«, fragte sie und öffnete, ohne meine Antwort abzuwarten, die oberste Schachtel.

»Schlafzimmer«, sagte sie dann leise, und ich merkte nicht zum ersten Mal, dass dieser Raum sie völlig aus dem Konzept brachte.

Genau wie mich, wenn ich ehrlich war.

Alleine die Vorstellung von ihr auf diesem Bett brachte mich mehr als zum Schwitzen …

Ich hörte, dass sie mir folgte, und als ich die Kisten zu Boden gestellt hatte, stand sie schon neben mir.

»Lass mich schnell nachsehen, was in der anderen Schachtel ist«, sagte sie und schob die oberste beiseite, bis sie mit einem dumpfen Plumps zu Boden fiel.

»Mist, die muss in die Küche.«

Sie zeigte auf die in Zeitungspapier eingewickelten Gläser, Tassen und Teller.

»Tut mir leid«, fügte sie noch hinzu, und dabei sah sie mich an wie Hank, als er als Welpe meine neuen Laufschuhe zerkaut und ich ihn dabei erwischt hatte.

»Kein Problem.« Ich hob die Kiste hoch und trug sie rüber. »Dafür schuldest du mir noch einen Kaffee«, beschloss ich und schenkte mir in meiner Tasse, die ich an dem Zucker am Boden erkannte, nach.

»Schon wieder eine Pause? Wolltest du nicht vor Anbruch der Dunkelheit fertig werden?«

Sie sah mich amüsiert an, und ich lachte.

»Wenn ich nicht jede deiner Kisten zweimal tragen müsste …« Ich zwinkerte ihr zu und schlürfte das heiße Getränk in mich hinein.

»Das … ist jetzt irgendwie … schwierig«, gab sie zu, und wieder färbten sich ihre Wangen rosig. Gott, sah sie heiß dabei aus!

»Hier.« Ich zog einen Kugelschreiber aus meiner Brusttasche und reichte ihn ihr. »Ich trage jetzt mal alle Kisten ins Wohnzimmer. Du siehst alle durch und beschriftest sie. Und wenn ich alles hereingetragen habe, bringe ich sie dorthin, wo sie hinsollen. Okay?«

»Das … klingt prima. Danke. Tut mir leid, dass ich nicht daran gedacht habe, sie zu beschriften.«

»Mach dir keinen Kopf.« Ich blieb gerne noch länger in ihrer Nähe …

Sie nickte und steckte den Kugelschreiber in die Gesäßtasche ihrer Jeans.

Fuck, mit dem Stift würde ich wohl nie wieder einen vernünftigen Satz schreiben können, ohne daran zu denken, wo er sich jetzt gerade befand …

Innerhalb einer Stunde waren sämtliche Kisten, Schachteln, Koffer und Taschen im Wohnzimmer.

Sogar einige Möbelstücke hatte ich schon hereingetragen. Und Louise hatte bereits ein paar ihrer Sachen auf die einzelnen Räume verteilt.

»So schwach bin ich dann auch nicht«, hatte sie geantwortet, als ich ihr angeboten hatte, das für sie zu erledigen.

Wir saßen auf den Stühlen in der Küche, die später zum Esstisch in die Ecke des Raumes sollten. Dieser stand jedoch noch im Lkw, denn dafür würde ich noch einmal ihre Hilfe brauchen.

»Das wollte ich damit nicht andeuten. Mir tut es nur sehr leid, dass du jetzt schuften musst, wo du eigentlich ein Umzugsunternehmen für diese Arbeit beauftragt hast. Ich werde auf jeden Fall mit meinem Chef darüber sprechen, und vielleicht lässt sich was mit dem Preis machen.«

»Das wäre wirklich nett, danke.« Sie lächelte mich an und versteckte sich dann hinter ihrer Kaffeetasse.

»Das hast du ernst gemeint mit dem Lebenselixier, wie?«, fragte ich, als sie mich wieder ansah.

»Ohne Kaffee geht bei mir gar nichts«, erklärte sie, als wäre es das Selbstverständlichste auf der Welt, einem fremden Umzugshelfer so was zu sagen.

Schmunzelnd drehte ich meine Tasse in der Hand, die sie inzwischen abgespült hatte und aus der ich nun mein Wasser trank.

»Ohne *Wasser* geht bei mir gar nichts«, konterte ich mit ihren Worten. »Aber auf Kaffee kann ich auch tagelang verzichten.«

Louise sah mich mit großen Augen an. Dabei wusste ich nicht, ob es deshalb war, weil ich behauptete, Kaffee nicht zum Überleben zu brauchen, oder ob sie auf mich so reagierte wie ich auf sie. Denn ich ertappte mich regelmäßig dabei, wie ich sie anstarrte, als hätte mich jemand hypnotisiert. Diese Frau brachte mich aus dem Konzept wie niemand zuvor.

»Wie sieht es bei dir aus, fühlst du dich gestärkt? Ich könnte noch einmal deine Hilfe gebrauchen bei den sperrigen Möbeln«, versuchte ich, mich abzulenken.

»Klar.«

Dabei klang sie bei Weitem nicht so zuversichtlich, wie sie es vielleicht vorgehabt hatte.

»Du solltest dir unbedingt noch ein Sofa kaufen«, stellte ich fest, als wir kurz nach Anbruch der Dunkelheit völlig erledigt auf den ungemütlichen Stühlen saßen.

»Hab ich auch vor, aber erst mal muss ich Geld verdienen.« Sie grinste. »Außerdem habe ich ja mein Bett, auf dem ich es mir gemütlich machen kann … also … wenn ich alleine bin«, hängte sie dann noch an.

Ich lachte herzhaft. »Schon klar, ich weiß, was du meinst.«

Auch wenn mir das Bild, mit ihr in diesem Bett zu liegen, plötzlich nicht mehr aus dem Kopf ging.

»Noah, danke.«

»Wofür?«

»Dass du mir geholfen hast. Und dass du so nett bist. Ich hatte einen richtig schönen Tag, auch wenn er anstrengend war. Für dich bestimmt noch mehr als für mich, deshalb … würde ich dich gerne zum Essen einladen. Als Abschluss … sozusagen.«

Sie war echt süß, wenn sie von einer verbalen Peinlichkeit in die nächste stolperte.

»Tut mir leid, aber ich bin völlig verschwitzt und dreckig.« Zum Beweis hielt ich meine Arme hoch, an denen dunkle Schmutzstriemen zu sehen waren.

Ich sah ihr an, wie sie meine Antwort enttäuschte, also fügte ich noch schnell hinzu: »Außerdem hab ich ja nur meinen Job gemacht – bei dem du mir helfen musstest, obwohl du für diesen Service bezahlst. Also wenn hier jemand wen einlädt, dann ich dich.«

Louise lächelte erleichtert, nagte jedoch immer noch an ihrer Lippe und hielt unschlüssig ihre Tasse an ihre Wange.

»Gegenvorschlag«, sagte sie dann. »Wir bestellen uns zwei Pizzen, und jeder bezahlt seine selbst. Ich … möchte noch nicht … Also … ich würde gerne den Abend gemütlich ausklingen lassen. Außer natürlich, deine Freundin wartet zu Hause … oder du musst zurück, weil dein Chef …«

»Keine Sorge, auf mich wartet nur Hank, und der hat bei meiner Nachbarin sein Fressen bekommen.«

Fragend sah sie mich an.

»Hank ist mein Golden Retriever.«

»Ooooh, wie süß!«, seufzte sie und legte sich eine Hand aufs Herz.

»Ja, er ist ein absoluter Frauenmagnet und ein Macho, wie er im Buche steht.« Verschmitzt zwinkerte ich Louise zu. »Aber um auf dein Angebot zurückzukommen: Pizza klingt super. So weißt du auch gleich, ob du in Zukunft nicht besser selbst kochst.«

»Mal sehen, welche Lösung langfristig gesehen die bessere ist.« Sie lachte und suchte auf ihrem Smartphone nach dem örtlichen Lieferanten.

»Puh, was für ein Glück. Ich hatte schon meine Zweifel, ob Greenwater Hill einen Lieferservice hat.«

Sie grinste mich an und fragte mich dann nach meinem Wunsch.

»Schinken, mit extra Käse. Und eine Cola.«

Sie nickte, wählte die Nummer und bestellte meine Pizza sowie den Softdrink und für sich eine vegetarische Calzone und eine Diätcola. Als sie auflegte und meine hochgezogenen Augenbrauen sah, zuckte sie nur mit den Schultern und lächelte.

»Willst du in der Zwischenzeit mit dem Ausräumen beginnen?«, fragte ich sie, als ich mich in dem Chaos aus Kisten und Möbeln umsah.

»Heute mache ich gar nichts mehr. Mir bleibt ja noch das ganze Wochenende, ehe ich am Montag mit der Arbeit anfange.«

»Was genau arbeitest du?«, fragte ich und lehnte mich vor, um den Abstand zwischen uns zu verringern.

Mein Verstand sagte mir, dass ich mich zurückhalten sollte, aber ich konnte es nicht. Ich musste ihr nahe sein. Immerhin kostete es mich schon genug Kraft, meine Finger von ihr zu lassen. Am liebsten hätte ich die feinen Linien an ihrer Hand mit dem Zeigefinger nachgezeichnet und darauf gewartet, bis sich eine Gänsehaut von dort aus über ihren Körper ausgebreitet hätte. Oder ich hätte mit dem Daumen die Kontur ihres Gesichts erfasst, hätte über ihre Lippe gestreichelt ... noch viel lieber hätte ich sie geküsst, sie dabei in meine Arme gezogen und herausgefunden, wie sie schmeckt. Das war doch völlig verrückt, oder?

»Die Bürgermeisterin von Greenwater Hill hat nach einem Advisor für Wirtschaftsförderung gesucht. Es soll hier einiges passieren in den nächsten Monaten. Das Hauptaugenmerk liegt dabei, soviel ich weiß, auf der Urbanisierung des Ortes, und da ich Wirtschaftswissenschaften mit den Schwerpunkten Marketing und Finanzen studiert habe, war das wohl der Grund, weshalb ich diese Anstellung bekommen habe.«

»Wow, das klingt …«

»Todlangweilig, ich weiß. Aber ich finde es aufregend, zu beobachten, wie und warum sich Unternehmen in einer bestimmten Gegend ansiedeln und diese dadurch wirtschaftlich fördern. Wenn ich nun durch die Arbeit hier meinen Beitrag dazu leisten kann, Greenwater Hill zu einem besseren Wirtschaftswachstum und somit zu steigenden Bevölkerungszahlen zu verhelfen, geht damit ein kleiner Traum für mich in Erfüllung.«

»Spannend … wollte ich sagen.«

Louise sah mich überrascht an, dann lachte sie.

»Du hältst mich für völlig durchgeknallt, oder? Aber keine Angst. Ich bin keine Irre. Zumindest nicht in dem Sinn. Ich bin zwar manchmal etwas verrückt, im Privaten auch hin und wieder etwas unorganisiert, aber ich bin keine Psychopathin.«

»Das hatte ich nicht erwartet.« Dabei sah ich ihr tief in die Augen. »Im Gegenteil, du bist eine sehr aufregende Frau«, gestand ich dann ehrlich.

»Ich … das … danke.« Auch Louises Blick versank in meinem. Etwas zwischen uns hatte sich verändert.

»Und … wo wohnst du?«, fragte sie nach einigen Sekunden, in denen ich meinte, die Luft zwischen uns fühlen zu können, so geladen war sie plötzlich von einer Energie, wie ich es bisher nur in Romanen gelesen, aber noch nie selbst gespürt hatte.

Ich räusperte mich und wischte mir über das Gesicht, um mich zu vergewissern, dass ich noch hier in dieser Welt und bei vollem Bewusstsein war. »In

Carlington, das liegt ungefähr zwanzig Meilen westlich von hier.«

»Lebst du schon immer dort?«, fragte sie und lehnte sich in meine Richtung, die Ellenbogen auf die Knie gestützt. Dass mir dabei ihr Shirtausschnitt einen tiefen Einblick auf ihre Rundungen verschaffte, merkte sie nicht. Ich dafür umso mehr.

»Ja.« Meine Stimme brach fast weg, und ich räusperte mich erneut. »Sorry, ich brauche noch ein Wasser.« Mit dieser Entschuldigung sprang ich auf und ging in die Küche, in der Hoffnung, dort etwas abzukühlen.

»Warte, ich mach schon!«, hörte ich Louise hinter mir und verzweifelt sowie erleichtert zugleich schloss ich kurz die Lider. Denn eigentlich wollte ich keinen Abstand zwischen uns bringen. Im Gegenteil, ich wollte diese Distanz überwinden und sie an meine Brust ziehen. Ich wollte meine Arme um sie legen und sie beschützen vor … was auch immer.

»Geht schon«, sagte ich trotzdem mit einem Lächeln auf den Lippen, als ich frisches Wasser in meine Tasse fließen ließ.

»Hast du eigentlich schon was von deinem Kollegen gehört? Der mit dem Klavier auf dem Fuß.« Sie zog an ihrem Haarband, und ihre blonden Locken fielen ihr wie ein Goldregen über die Schultern. Nun saß sie vor mir und sah aus wie ein Engel …

Ich schluckte kräftig und lenkte all meine Kraft und Konzentration in meine Antwort. »Ja, er hat mir vor einer Stunde eine Nachricht geschickt. Er muss operiert werden, hat sich ein paar Knochen gebrochen. Aber es ist nichts, was nicht wieder wird.«

Louise sah mich entsetzt an, aber ich zuckte nur mit den Schultern. »Berufsrisiko.«

»Dann musst du mir erklären, wie man auf die Idee kommt, sich so einen Beruf auszusuchen. Ich meine … das ist doch gefährlich!«

Lachend legte ich den Kopf in den Nacken. Ihre süße, leicht naive Art war einfach zu köstlich. Dann stellte ich die Tasse auf die Arbeitsfläche, sah sie intensiv an, und ohne dass ich die Kontrolle darüber gehabt hätte, ging ich einen Schritt auf sie zu.

»Manchmal muss man einen Job annehmen, um Geld zu verdienen, auch wenn man eigentlich etwas ganz anderes machen möchte. Und wenn es bedeutet, dass man alles riskiert …«

Meine Stimme war rau, doch diesmal flüchtete ich nicht mehr. Ich konnte mich nicht länger zusammenreißen. Ich setzte alles auf eine Karte – und wenn es bedeutete, dass ich mit dem nächsten Schritt meinen Arbeitsplatz verlieren könnte. Denn ich legte meine Hände an Louises Wangen, sah ihr noch einmal tief in die Augen, um darin nach Widerstand zu suchen, den ich nicht entdecken konnte … und dann senkte ich meinen Kopf, bis meine Lippen auf ihren lagen.

Einen Moment verharrte ich, rechnete immer noch mit Protest von ihrer Seite. Mit einer Ohrfeige oder einer Szene, die die Aufmerksamkeit von ganz Greenwater Hill auf dieses kleine Haus richten würde.

Aber insgeheim hoffte ich auf das Gegenteil.

Und ich hatte Glück: Seufzend schloss sie die Lider, legte ihre Hände auf meinen Rücken und presste sich an meinen Körper. Ihr Mund war so weich und schmeckte so süß. Süßer als der letzte Tropfen Kaffee, in dem sich der Zucker gelöst hatte.

Als sie ihre Lippen öffnete und ihre warme Zunge über meine rieb, war es um mich geschehen. Ich stöhnte leise auf, vergrub meine Hände in ihren blonden Locken. Ich war verloren, war Gefangener meiner eigenen Hormone, die ich den ganzen Tag versucht hatte, im Zaum zu halten.

Scheiß auf den Job, scheiß auf alles …! Ich wollte nur, dass dieser Kuss nie endete. Ich war so verrückt nach dieser Frau, ich hätte sogar mein Haus verspielt nur für diese eine zärtliche Berührung.

Erst ein energisches Klopfen am Küchenfenster holte mich wieder in die Realität zurück. Auch Louise blinzelte irritiert, als sie Abstand zwischen uns brachte. Am liebsten hätte ich sie zurück in meine Arme gezogen, aber ich hatte bereits jetzt den Bogen überspannt. Und das viel zu weit …

»Fuck, sorry. Tut mir leid, das … mache ich normalerweise nicht. Also … schon, aber nicht, wenn ich im Dienst bin.« Jetzt war ich derjenige, der verwirrt vor sich hin stammelte.

Louise wischte sich verlegen über die Lippen, die jetzt einen tiefen Rotton hatten. So verführerisch …

»Kein Problem. Ich hab es genossen. Und du bist ja nicht mehr im Dienst, oder?« Sie zwinkerte mir zu, bevor sie sich umdrehte und dem Pizzaboten die Tür öffnete, der schon wieder gegen das Glas pochte.

Und ich starrte ihr sprachlos hinterher. Was für eine Wahnsinnsfrau!

Drei – Louise

Da hatte ich gedacht, ich würde nach diesem anstrengenden Tag hundemüde ins Bett fallen, aber ich wälzte mich nur hin und her.

Ich musste die ganze Zeit an Noah denken. Dieser Traummann hatte mich einfach so in meiner Küche geküsst. Und wie er mich geküsst hatte! Wäre der Pizzalieferant nicht gekommen und hätte uns gestört, wer weiß, wo wir dann gelandet wären … Verdammt, ich war kurz davor gewesen, ihm sein T-Shirt über den Kopf zu zerren!

Ich!

So was war mir noch nie zuvor passiert. Wobei … bisher hatte mich auch noch nie jemand dermaßen von den Socken gehauen wie Noah.

Er sah einfach unverschämt heiß aus. Nicht so normal wie die meisten meiner Kommilitonen, die ich weniger als Männer denn als Kollegen wahrgenommen hatte. Und Chris, mein Arbeitskollege im Supermarkt, in dem ich vorübergehend gejobbt hatte, bis ich diese Stelle in Greenwater Hill fand, war ein ganz Lieber, aber … er war einfach nur ein netter Kerl. Dieses eine Mal, als wir uns nach einem Kinodate geküsst hatten – nicht einmal ein winziger Funke war übergesprungen.

Ohne diese wahnsinnigen, orkanartigen Schmetterlingsschläge in meinem Bauch, die mich jetzt schon bis zwei Uhr früh vom Schlaf abhielten, obwohl ich in meinem eigenen Bett, in meiner Bettwäsche, in meinem selbst gemieteten Haus lag ...

Ich seufzte und drehte mich erneut auf die andere Seite.

Verdammt, ich musste Noah wiedersehen. Wir hatten nach dem Kuss nur noch gegessen und nicht mehr weiter darüber geredet, was da zwischen uns vorgefallen war. Ich war natürlich so schlau, dass ich nicht einmal seine Telefonnummer hatte – super gemacht, Louise! Das war wieder richtig typisch für mich.

Andererseits kannte ich die Nummer des Umzugsunternehmens, und da ich sowieso noch ein Wörtchen mit dem Chef sprechen musste, würde ich ganz einfach ... tja. Gute Frage.

Im Kopf überschlug ich meine aktuelle finanzielle Lage. Ich hatte nicht mehr viel Geld übrig, und ich wollte erst abwarten, bis ich mein erstes Gehalt bekommen hatte, bevor ich mir ein neues Sofa kaufen würde. Aber wenn ich es doch schaffen würde, dem Umzugsunternehmen etwas Dampf zu machen, würde ich mir vielleicht von dem hier ersparten Geld ein neues Sitzmöbel kaufen können – und dazu brauchte ich auf jeden Fall einen starken Mann, der mir half, dieses Möbelstück in mein Haus zu bringen. Noah!

Endlich einen Plan zu haben, gefiel mir. Und beruhigte mich – so sehr, dass ich wenig später in einen tiefen Schlaf fiel.

Die Sonne blendete mich, als ich mit einer Tasse Kaffee in meinem Chaos aus Lebensmitteln, Putzutensilien, vollen und leeren Kartons in der Küche saß.

Ich war gerade von meinem ersten Einkauf zurück und hatte mir überlegt, was ich zu dem Geschäftsführer des Umzugsunternehmens sagen würde. Daher war ich guter Dinge, schon bald eine neue Couch kaufen zu können. Ich wählte die Nummer und wurde durchgestellt.

»MacTowell«, knurrte eine tiefe Männerstimme in den Hörer.

»Hallo, mein Name ist Louise Foley, und ich rufe an, weil …«

»Ah, Miss Foley. Genau. Mister Baker hat heute schon mit mir gesprochen. Tut mir leid, dass gestern so viel schiefgelaufen ist. Natürlich müssen Sie nicht die vollen Kosten tragen. Wäre es für Sie in Ordnung, nur das Benzin für die Fahrt zu übernehmen?«

Damit hatte ich nicht gerechnet. Erst schnappte ich nach Luft, ehe ich voll Freude ein »Ja, aber natürlich« herausbrachte.

»Prima, dann hätten wir das ja geklärt. Meine Sekretärin schickt Ihnen die Rechnung an Ihre neue Adresse. Schönen Tag noch, Miss.«

»Ähm … warten Sie!«

»Ja?«

»Ich … Noah … Mister Baker hat sein … ähm … seine Jacke hier vergessen. Darf ich seine Telefonnummer haben, damit ich mit ihm ein Treffen vereinbaren kann?«

Ein tiefes Lachen drang an mein Ohr. »Hören Sie, Miss Foley, das kann ich nicht machen. Das wäre ja völlig gegen den Datenschutz.«

»Okay«, murmelte ich leise und sah meinen Plan schon den Bach hinunterfließen.

»Aber wenn Sie möchten, gebe ich ihm Ihre Nummer, und dann kann er sich bei Ihnen melden, um seine ... Jacke ... abzuholen.«

Ich presste meine Hand fest auf den Mund, um ihm nicht vor Freude ins Ohr zu schreien, ehe ich mich bei Mr MacTowell bedankte und mich verabschiedete.

Da ich nun aber nichts weiter tun konnte, als zu warten, bis Noah sich bei mir meldete, beschloss ich, weiter für Ordnung zu sorgen und meine Sachen an ihren neuen Platz zu verstauen ...

Die Küche war inzwischen fertig, für das Bücherregal hatte ich im Wohnzimmer den perfekten Platz gefunden und bereits mit dem Einräumen begonnen, als mein Telefon klingelte. Aufgeregt hüpfte mein Herz in der Brust. Ich ahnte bereits, dass es Noah sein würde, noch bevor ich einen Blick auf das Display geworfen hatte.

»Hallo, schöne Frau.«

Seine tiefe Stimme jagte mir einen wohligen Schauer über den Rücken. Ich konnte sein Schmunzeln beinahe vor mir sehen, als er meinte: »So, so, ich hab also meine Jacke bei dir vergessen ...«

»Ich wusste nicht, ob ich sonst wieder etwas von dir gehört hätte«, gab ich gleich ohne Umschweife ehrlich zu. »Dein Chef war am Telefon schwer einzuschätzen, und bevor ich meine einzige Chance vertan hätte, dich wiederzusehen ...«

»Du willst mich also wiedersehen?«, fiel er mir ins Wort. »Dann hat dich mein Kuss gestern also nicht verschreckt?«

»Im Gegenteil«, gab ich leise zu.

»Was machst du heute Abend?«, fragte Noah und scheuchte mit seinen Worten den Schwarm an Flattertierchen auf, die es sich seit unserer ersten Begegnung in meinem Bauch gemütlich gemacht hatten.

»Was machst du heute Nachmittag?«

»Du gehst aber ran«, meinte er belustigt. »Heute hab ich noch nichts vor, außer mit Hank draußen zu toben.«

»Hätte denn Hank etwas dagegen, das auf später zu verschieben? Ich … habe nämlich dank deiner Hilfe und dem guten Wort, das du bei Mister MacTowell eingelegt hast, einen Batzen Geld beim Umzug sparen können, das ich dringend in ein neues Sofa investieren sollte. Immerhin möchte ich dir bei deinem nächsten Besuch nicht wieder nur die ungemütlichen Esszimmerstühle anbieten können.«

Oder mein Bett …

Wobei … nach dem Kuss gestern würde ich auch das nicht ausschließen wollen, aber das verschwieg ich lieber.

»Dann willst du mich nur als deinen Möbelschlepper missbrauchen?«, fragte er gespielt empört.

»Ich revanchiere mich auch mit einer Pizza«, schlug ich vor, und Noah lachte.

»Danke, aber zwei Tage hintereinander muss ich diese Teigfladen mit Belag nicht essen, die in Greenwater Hill jemand Pizza nennt. Was wäre, wenn ich etwas kochen würde?«

»Du hilfst mir, ein Sofa auszusuchen, es nach Hause zu bringen und bekochst mich dann auch noch?« Jetzt war ich echt überrascht, lachte jedoch. »Wo ist der Haken?«

»Haken ... gibt es keinen. Aber du darfst mich zum Dank noch einmal küssen.«

Nichts lieber als das!

»Das lässt sich bestimmt machen«, antwortete ich schmunzelnd. »Also ... wann und wo treffen wir uns?«

»Ich hole dich in ... sagen wir einer Stunde ab?«

»Perfekt.«

»Oh, und pack deinen Ausweis ein, den wirst du brauchen ...« Damit legte er auf und ließ mich grübelnd zurück.

Ausweis ... Der wollte mich doch nicht außer Landes führen? Wobei, die Landesgrenze lag immerhin nur wenige Meilen von Greenwater Hill entfernt, warum also nicht? Da stellte sich nur die Frage, wo ich meinen Ausweis hingepackt hatte?

Ratlos sah ich mich in meinem Chaos um, das zwar schon etwas geordneter aussah als gestern, jedoch noch immer nicht wirkte, als würde hier tatsächlich jemand wohnen. Kurzfristig beschlich mich ein Gefühl von Panik, als ich mich krampfhaft zu erinnern versuchte, wo ich dieses wichtige Dokument verstaut hatte.

Ich riss ein paar der Kartons auf, in denen ich hoffte, meine Dokumentenmappen zu finden – Fehlanzeige. Also tat ich das, was bisher noch nie eine schlechte Entscheidung gewesen war: Ich kochte Kaffee und überlegte bei einer Tasse dieses Graue-Zellen-Ankurblers, welche Wege ich in den letzten Tagen zurückgelegt hatte und wo ich meinen Ausweis hingepackt haben konnte.

Das Einzige, an das ich mich definitiv erinnern konnte, war, ihn in der Hand gehalten zu haben mit dem festen Vorsatz, ihn an einem Ort zu verstauen, an dem ich ihn garantiert wiederfinden würde … Eine wahre Glanzleistung also, dieses Dokument *so* zu platzieren, dass mir partout *nicht* einfallen wollte, wo ich es hingetan hatte.

Ich kniff die Augen zusammen und dachte mit voller Konzentration an den Moment, als ich ihn das letzte Mal gesehen hatte… Ich hatte vor meinem Auto gestanden! Es geöffnet … Natürlich, das Handschuhfach!

Sofort eilte ich nach draußen, den Schlüssel griffbereit …

»Hallo! Ich bin Maya Hunter, deine Nachbarin.«

Eine Frau, Anfang bis Mitte zwanzig mit dunklem Lockenkopf, kam mir vom Nachbargrundstück entgegen. Sie lächelte mich an und war mir vom ersten Augenblick an sympathisch.

»Und du musst die neue Mitarbeiterin von Clara sein. Mann, ich freue mich, dass endlich wieder jemand hier einzieht. Das Haus stand seit fast einem Jahr leer, und ich dachte schon, diese Straße würde aussterben. Umso besser ist es, dass du und dein Freund nun hier wohnen. Ein Mann in der Nachbarschaft ist immer gut an so einem ruhigen Teil des Stadtrands. Ein bisschen gruselig ist der Wald da hinter uns ja schon.« Sie deutete über ihre Schulter, wo nur etwa hundert Meter von uns entfernt die ersten Bäume standen. »Ich habe ja schon überlegt, näher ins Zentrum zu ziehen, aber ich liebe dieses Haus …«

Sie redete ohne Punkt und Komma, und ich konnte mich erst nur darauf beschränken, freundlich zu nicken und ihrem Wortschwall zu folgen.

»Hi … ja, ich bin Louise Foley, und ja, ich habe am Montag meinen ersten Arbeitstag bei Clara Fontaine.

Aber Noah ist nicht mein Freund.« Ich lächelte peinlich berührt, denn mir war nicht bewusst, dass man unsere … Verbindung als Beziehung verstehen könnte. Und wieso kam sie überhaupt auf die Idee, dass Noah und ich …

»Nicht? Oh, das tut mir leid. Ich hatte es angenommen, weil ihr euch im Lastwagen umarmt habt. Und für meine Pizza hätte ich fast nichts bezahlt, da Barney, der Pizzalieferant, so lange auf euch warten musste, bis ihr mit dem Knutschen fertig wart.« Sie grinste fröhlich.

»Das … wie bitte?« Völlig überrumpelt starrte ich sie an.

»Sorry, von mir erfährt niemand was. Ich habe euch nur auf der Ladefläche gesehen. Rein zufällig, weil ich gerade den Müll rausgetragen habe. Und Barney hat nur deshalb geplaudert, weil ich ziemlich sauer auf ihn war. Ich hatte so einen Kohldampf, und dann dauerte das mit der Pizza so unendlich lange. Aber du brauchst keine Angst zu haben, dass ganz Greenwater Hill von eurem Flirt erfährt.«

»Na, da bin ich ja beruhigt«, antwortete ich, immer noch völlig überfordert.

»Ach, ich bin so ungeschickt. Da bekomme ich endlich eine neue Nachbarin, und dann verschrecke ich sie mit meinem Gequassel. Tut mir leid. Darf ich einen Neustart versuchen?« Sie streckte mir ihre Hand entgegen, die ich schüttelte. »Also – ich bin Maya Hunter, Kindergärtnerin und deine Nachbarin. Lust auf einen Kaffee?«

Ich lachte herzhaft über ihre Art. Sie war ganz nett, wenn auch etwas zu quirlig für meinen Geschmack. Andererseits war es so ruhig hier in dieser Gegend, dass sich das vermutlich wieder ausglich. Und mit dem Kaffeeangebot hatte sie mich definitiv für sich gewonnen.

»Da kann ich nicht Nein sagen. Ich muss nur noch meinen Ausweis suchen. Ich glaube, der liegt noch in meinem Auto.« Ich deutete auf meinen Ford.

Wie erwartet, lag er dort, was mich beruhigte. Ansonsten hätte ich nicht gewusst, wo ich ihn noch hätte suchen sollen.

»Du fährst also über die Grenze?«, erkundigte sich Maya, als ich ihr in das Haus folgte.

Es war ungefähr gleich groß wie meins – mit zwei Schlafzimmern und einem Bad. Jedoch fand ich, dass ihres im Gegensatz zu meinem richtig gemütlich eingerichtet war – aber gut, das würde sich noch ändern.

Ich mochte Mayas Stil, der irgendwie genauso schrill war wie sie und ihre Kleidung: Kräftige Farben und bunte Kreise und Rautenmuster gaben mir das Gefühl, eine Zeitreise in die Siebziger gemacht zu haben.

»Ja, ich will mir noch ein Sofa kaufen.«

»Alleine?« Sie sah mich mit gehobenen Brauen an, während sie zwei Tassen aus dem Regal holte.

»Ähm … nicht ganz.« Ich konnte mir ein Grinsen nicht verkneifen, das Maya natürlich nicht entging.

»Also, jetzt musst du mir diese Sache aber erklären. Ist er dein Ex? Oder dein bester Freund? Oder was genau ist das mit dir und diesem Mann? Es ist doch der von gestern, oder? Oder gibt es noch einen anderen?« Ihre Augen wurden groß, als sie diesen Gedankengang laut aussprach. Neugierig war sie wohl nicht!

»Ja, es ist wieder Noah, der mich begleitet.« Alleine bei der Vorstellung, ihn in nicht einmal einer Stunde wiederzusehen, machte mein Herz Purzelbäume. Und da ich mich in diesem Gefühlsrausch befand und ich den Eindruck hatte, dass Maya und ich gute Freundinnen werden könnten, beschloss ich, ihr von meinen verrückten Erlebnissen der letzten vierundzwanzig Stunden zu erzählen.

»Er ist dein Möbelpacker?« Sie seufzte und sah mich schmachtend an, als sie mir meine Kaffeetasse reichte. »Milch? Zucker?«

»Schwarz.«

»Das gefällt mir. Aber hey, wie romantisch ist das denn? Wer rechnet schon damit, beim Umzug so einen Traummann kennenzulernen? Siehst du, jetzt weiß ich, wieso mir so etwas nie passiert. Weil ich mir bei meinen Umzügen bisher immer von meinem Bruder hab helfen lassen. Abgesehen davon ist er Polizist, und Dean würde es nie zulassen, dass ich mir von fremden Männern helfen ließe.« Sie schüttelte den Kopf und verdrehte die Augen.

»Glaub mir, meinen Eltern dürfte ich das auch nicht erzählen. Die waren schon mal gar nicht begeistert, dass ich so weit von Portland wegziehe. Wenn sie dann noch wüssten, dass ich dem erstbesten Mann, dem ich über den Weg laufe, in die Arme falle, dann …« Jetzt verdrehte ich die Augen.

»Also nach einem ›erstbesten‹ Mann sah er aber nicht aus.« Sie grinste verschmitzt.

»Nein …«, gestand ich und klang dabei wie ein gefühlsduseliger Teenie.

»Ja, und … was ist das nun mit euch beiden? Du willst ihn doch, oder? Wo wohnt er denn? Hat eine Beziehung eine Chance? Wenn ja, dann nutze sie! Glaub mir, Greenwater Hill hat keine solchen Männer wie ihn zu bieten.«

Ich nippte am Kaffee und dachte darüber nach. »Das klingt jetzt vielleicht verrückt, aber ich glaube, ich habe mich in dem Moment in ihn verknallt, als er gestern in meiner Tür stand. Er sieht wahnsinnig gut aus, und er hat so was … Männliches an sich. Wenn du verstehst, was ich meine.« War das jetzt etwas schräg, dass ich einer bis vor wenigen Minuten völlig Fremden von einem mir ebenfalls noch recht Fremden so vorschwärmte? Egal, ich schob es einfach auf die Landluft …

»O ja … Er sieht aus, als würde er eine Frau mit seinem Leben beschützen.« Sie kicherte verhalten. »Und nein, ich halte dich überhaupt nicht für verrückt. Ich glaube nämlich noch an die Liebe auf den ersten Blick. Obwohl mir das noch nie passiert ist. Aber das ist doch schön! Oh, ich freue mich für dich!«

Sie fiel mir um den Hals und drückte mich, als wären wir seit Ewigkeiten beste Freundinnen.

Lachend erwiderte ich ihre Umarmung. Vielleicht lag es daran, dass ich bereits meinen fünften Kaffee trank, oder es war ihre quirlige Art, die ansteckend war, aber ich fühlte mich einfach überdreht und aufgeregt.

»Heute Abend will er zum Essen bleiben. Stell dir vor, er will für mich kochen!«

»Ein Mann, der auch noch kochen kann.« Theatralisch legte sie den Handrücken an ihre Stirn und simulierte eine nahende Ohnmacht. »Krall ihn dir und lass ihn frühestens morgen nach dem Frühstück wieder aus!«

»Das … also ich denke, das geht mir nun doch etwas zu schnell.«

»I wo! Wenn du erst eine Weile hier wohnst, wirst du verstehen, dass man jede Gelegenheit, Sex zu haben, nutzen muss. Vertrau mir, du würdest es ewig bereuen. Hier …« Sie öffnete eine der Küchenschubladen und zog etwas Silbernes hervor. »Nimm das mit, für den Fall der Fälle.« Dabei zwinkerte sie mir aufmunternd zu.

»Du bewahrst Kondome in der Küche auf?« Mit gerunzelter Stirn steckte ich sie in meine Gesäßtasche.

»Und im Bad, im Schlafzimmer und im Wohnzimmer. Ich will immerhin keine Gelegenheit verspielen, schon vergessen?«

»Ooookay. Danke.« Ich würde heute sicher nicht mit Noah schlafen. Ich meine, was wusste ich denn schon über ihn? Wenig bis nichts. Obwohl mir der Gedanke daran, mit diesem Mann Sex zu haben, durchaus sehr gut gefiel.

»Und falls doch nicht, dann hast du zumindest einen kleinen Vorrat zu Hause. So schnell werden sie nicht alt«, meinte Maya dann versöhnlich, da sie wohl gemerkt hatte, dass mich ihr kleiner Gummiüberfall etwas überforderte.

»Ja, du hast recht. Danke. Ich werde mich bei Gelegenheit revanchieren. Vielleicht komme ich mal mit einer Flasche Wein vorbei«, sagte ich, was Maya kräftig nickend willkommen hieß. »Aber jetzt muss ich wieder nach drüben. Noah kommt jeden Moment, und ich will mich noch schnell frisch machen.«

»Mach das. Viel Spaß beim Sofa aussuchen, beim Abendessen und bei … was auch immer danach. Und denk daran: Du kannst immer zu mir kommen, für einen Plausch, einen Rat, einen guten Kaffee …«

Lachend verabschiedete ich mich und lief über die Wiese zurück zu meinem Haus.

Noah hatte sich einen Lieferwagen seines Arbeitgebers ausgeborgt. Auch auf seinem T-Shirt stand der Schriftzug des Umzugsunternehmens.

»Du bist dienstlich hier?«, fragte ich halb im Scherz, halb ernst, als ich ihm die Tür öffnete.

»Natürlich. Immerhin haben wir vereinbart, dass du mich im Anschluss mit einem Kuss bezahlst.« Noah grinste mich frech an und umarmte mich anschließend zur Begrüßung.

Ich fühlte mich so geborgen in seinen Armen. Noah roch einfach verdammt gut, und an den Stellen, an denen wir uns berührten, kribbelte es heiß auf meiner Haut. Am liebsten hätte ich ihn nicht mehr losgelassen …

»Wenn du das so siehst … ich hätte natürlich auch im Voraus bezahlt. Aber dann soll alles seine Richtigkeit haben.« Ich griff nach meiner Handtasche und ging an Noah vorbei, der mich mit geöffnetem Mund anstarrte und seine eben noch vorhandene Lässigkeit bei meinen letzten beiden Sätzen verloren zu haben schien. »Was ist jetzt? Kommst du? Wir haben schließlich nicht den ganzen Tag Zeit.«

Ich öffnete die Beifahrertür und wollte schon in den Wagen klettern, da hatte mich Noah eingeholt.

»Tut mir leid, aber unter diesen Umständen muss ich auf eine Anzahlung bestehen.« Seine Augen funkelten nur wenige Zentimeter von meinem Gesicht entfernt, bevor ich seinen weichen Mund auf meinem spürte. Seinen Arm hatte er um meine Taille gelegt, und sofort hatte ich das Gefühl, in seiner Umarmung Raum und Zeit zu vergessen. Seine Zunge neckte meine, und mir wurde ganz schwindelig …

»Ich denke, das genügt mir erst mal«, hauchte Noah an meinen Lippen, ehe er sich verschmitzt vom Wagen wegdrückte und mir beim Einsteigen behilflich war.

Wie gut, dass ich nicht der Fahrer dieses Lieferwagens war – ich wäre nach diesem Kuss nicht fähig gewesen, mich auf die Straße zu konzentrieren …

»Wohin fahren wir eigentlich?«, fragte ich, nachdem wir das Ortsschild von Greenwater Hill hinter uns gelassen hatten und ich meine Sprache wiedergefunden hatte.

»Ungefähr eineinhalb Stunden von hier, in Nelson, Kanada, gibt es einen Möbelmarkt, zu dem wir fahren werden. Dort habe ich auch einiges für mein Haus gekauft, und die Preise dort sind in Ordnung.«

Eineinhalb Stunden Fahrzeit war also nahe! In Portland oder Seattle hatte es alles, was ich benötigt hatte, in nächster Nähe gegeben. Dass ich von jetzt an umdenken musste, war noch nicht ganz bei mir angekommen. Andererseits hatte ich nicht erwartet, hier in Greenwater Hill mein Sofa kaufen zu können. Und die nächsten Orte lagen nicht nur einen Katzensprung entfernt. Nach Carlington waren es mindestens dreißig Minuten mit dem Auto. Um andere Ortschaften zu erreichen, musste man wenigstens eine Dreiviertelstunde fahren. Ich war also im Niemandsland gelandet.

Vier – Noah

Louise hatte sich für ein gemütliches Sofa in Cremeweiß entschieden. Der Verkäufer bot nach dem Einwickeln in Verpackungsfolie seine Hilfe dabei an, es in den Lieferwagen zu hieven. Ich war ihm sehr dankbar dafür, denn Louise dieses schwere Möbelstück zweimal tragen zu lassen, wäre ihr bestimmt zu anstrengend gewesen. Obwohl sie so tat, als wäre das alles ein Klacks für sie, war ich mir sicher, dass der gestrige Tag sie an ihre Grenzen gebracht hatte. Immerhin hatte sie einen Großteil der Kisten im Haus selbst herumgetragen, und nachdem wir die Pizza vernichtet hatten, hatte sie ziemlich müde und geschafft ausgesehen.

Als wir Greenwater Hill endlich wieder erreicht hatten, war es Abend geworden. Kurz hielt ich noch am Supermarkt, in dem wir Hühnerbrust, Sesamsamen, Honig, Ananas und Sojasoße besorgten, nachdem ich mich nach ihren Lebensmitteln zu Hause erkundigt hatte.

»Also ich glaube, ich habe noch nie etwas mit Sesam, Ananas und Sojasoße gekocht«, gestand sie, als ich wenig später die Tüte in ihrer Küche abstellte. »Du willst mir nicht verraten, was du kochen wirst?«

»Vielleicht später. Immerhin brauche ich eine Assistentin.«

»Und du denkst, ich bin dafür geeignet?«

»Unter meiner Anleitung hat noch jeder kochen gelernt.«

»Das klingt nach einem Versprechen …«

Als wären wir beide magnetisch, hatten wir uns – den jeweils anderen fest im Blick – aufeinander fast wie von selbst zubewegt. Louise stand vor mir, legte ihre Hände an meine Oberarme und sah mich herausfordernd an. Sie roch süß wie ein Pfirsich, und alles in mir wollte sie jetzt küssen.

»Wo hast du kochen gelernt?«, fragte sie in diesem Moment und ließ mich kurz vor ihren Lippen stocken.

»Meine Eltern haben ein kleines Restaurant. Also lag es nahe, dass auch ich irgendwann Koch werden und in die Fußstapfen meines Vaters treten würde.«

»Aber wieso arbeitest du jetzt bei *MacTowell's*?«, fragte sie irritiert.

Ich schweifte mit meinen Gedanken in die Vergangenheit. »Das Arbeiten in der Küche hat großen Spaß gemacht, auch wenn es anstrengend war. Aber mir war das Kochen alleine immer zu wenig Herausforderung. Ich hatte immer das Gefühl, dass da noch mehr in mir steckt, und so hab ich mich an der *University of Washington* für Business Economics eingeschrieben.«

»Und das hast du abgebrochen …?«, fragte sie und strich gedankenverloren mit ihren Händen an meinen Armen auf und ab.

»Nein, ich hab letztes Jahr meinen Abschluss gemacht. Doch ich hänge in diesem Umzugsunternehmen fest, und irgendwie bekomme ich nur Absagen. Egal, wo ich mich beworben habe. Als Koch bin ich überqualifiziert, und für die Wirtschaftsbranche fehlt es mir an Berufserfahrung.«

»Da beißt sich also die Katze in den Schwanz …«

»Sieht ganz danach aus.« Ich küsste sie auf die Lippen. Aber nur flüchtig. »Lass uns dein Sofa hereintragen, bevor es so finster ist, dass wir den Weg zum Haus nicht mehr sehen. Nächste Woche komme ich vorbei und tausche die Glühbirne deiner Außenbeleuchtung aus.«

»Aber das kann ich doch auch machen.«

»Montagabend bin ich da. Und keine Widerrede!« Louise strahlte mich an.

»Außer, du willst mich nach dem Essen heute Abend nicht mehr in dein Haus lassen.«

»Scherzkeks.« Lachend schlug sie mir gegen den Oberarm. »Lass uns dieses Sofa hereintragen, und dann kochen wir. Ich sterbe vor Hunger!«

Tatsächlich stemmte Louise das Sofa viel leichter, als ich erwartet hatte. Und als es im Wohnzimmer stand, wirkte der ganze Raum gleich um einiges gemütlicher.

»Jetzt kann ich anfangen, mich hier zu Hause zu fühlen«, stellte sie fest und knüllte die Verpackungsfolie zusammen.

Seufzend ließ ich mich in den weichen Stoff fallen. »Und endlich kann man bei dir gemütlich sitzen, ohne Rückenschmerzen zu bekommen.« Ich grinste sie frech an.

Lachend zog sie an meinen Händen. »Nun komm schon, alter Mann, ich muss was essen nach dieser Anstrengung.«

Sie warf mir noch einen letzten Blick zu, ehe sie mit wiegenden Hüften in die Küche verschwand.

Verdammt, sie war so heiß! Da würde das Kochen gleich noch mal mehr Herausforderung werden ...

Ein leises *Plopp* drang aus der Küche zu mir. Als ich den Raum betrat, goss Louise Rotwein in zwei bauchige Gläser.

»Das ist sehr mutig von dir. Du weißt doch gar nicht, ob der Wein auch zu dem Essen passt.« Ich nahm das Glas, das sie mir entgegenhielt, und prostete ihr zu.

»Das wirst du mir gleich sagen. Wenn nicht, dann trinken wir zum Essen einfach Wasser.« Sie grinste und zuckte mit den Schultern, ehe sie das Glas zu den Lippen hob und mit geschlossenen Augen einen Schluck trank.

»Der ist richtig gut«, stellte ich anerkennend fest, als ich ebenfalls davon probiert hatte. »Vielleicht hast du ja wirklich Glück und er schmeckt hervorragend zum Essen.«

»Bisher hat mich meine weibliche Intuition noch selten getäuscht«, meinte sie und drehte ihr Weinglas zwischen Daumen und Zeigefinger. Dabei sah sie mich verführerisch an und raubte mir so die Sprache und fast noch den Verstand.

Um mich wieder zu fangen, stellte ich das Glas auf die Arbeitsfläche. Ich wollte mich so schnell wie möglich von meinen Gedanken ablenken, in denen viel nacktes Fleisch vorkam. Aber nicht jenes, das aktuell noch im Kühlschrank lag.

Voll Tatendrang klatschte ich in die Hände und versuchte, souverän zu wirken. »Dann lass uns beginnen! Wo hast du ein Schneidbrett? Besser noch zwei, du willst ja helfen. Und scharfe Messer wären nicht schlecht, und dann natürlich noch die Zutaten.«

Ich legte alles, was sie mir reichte, auf der Arbeitsfläche ab, und gab Louise weitere Anweisungen.

»Während ich das Fleisch würze, kannst du schon mal die Paprika würfeln.«

Louise nickte und wusch das Gemüse bedächtig unter dem Wasserstrahl. Vielleicht war ich tatsächlich verrückt geworden, aber es sah einfach nur sexy aus, wie sie diese Frucht mit ihren Fingern unter dem Wasser bearbeitete und anschließend mit Küchenkrepp abtrocknete.

Vergeblich versuchte ich, die schon wieder viel zu heißen Bilder durch ein leichtes Kopfschütteln aus meinen Gedanken zu vertreiben.

Als Louise begann, die Paprikaschote in der Mitte zu teilen und von Stängel und Samen zu befreien, schielte ich doch wieder in ihre Richtung.

»Warte«, unterbrach ich sie. Fragend sah sie mich an, als ich mir die Hände wusch. »Lass mich dir zeigen, wie du die Paprika am besten schneidest.«

»Ist das nicht egal?«

»Grundsätzlich ja, aber jedes Gericht schmeckt auf seine Art anders, wenn du die Zutaten unterschiedlich schneidest. Je größer du die Paprikastückchen lässt, umso mehr Biss bekommt die Soße.«

»Oh, ein erstes Geheimnis wird gelüftet – die Paprika kommen in die Soße.« Sie lächelte mich an, als ich mich hinter sie stellte und meine Hand auf ihre legte, die das Messer hielt.

Ich war doch völlig verrückt, oder? Ich hatte so sehr mit meiner Selbstbeherrschung zu kämpfen und stellte mich trotzdem so nah hinter sie, dass ich gar nicht anders konnte, als an ihren Haaren zu riechen und ihre Wärme auf meiner Haut zu spüren.

»Nicht ganz. Die Paprika tragen ihren Teil dazu bei, dass wir überhaupt eine Soße bekommen …«

Sie nickte, und ihre Locken kitzelten mich am Kinn.

»Am besten teilst du jede Hälfte in drei gleich große Stücke.« Langsam zog ich mit ihr gemeinsam das Messer durch das Fruchtfleisch.

»Mhm«, hörte ich sie murmeln.

Es war vielleicht einfach nur etwas wie ein »Okay« oder »Alles klar«, aber die Art, wie sie diesen Laut summte, war zu viel für mich.

Ich wurde hart.

Mein Schwanz drückte gegen den Jeansstoff, und als ich etwas zurückwich, um Abstand zwischen uns zu bringen, folgte Louise meiner Bewegung. Sie berührte mit ihrem süßen Po meine Lenden.

Ich war hoffnungslos verloren. Es war sicher keine Absicht – oder zumindest wusste sie nicht, was sie dort erwarten würde. Denn sie versteifte sich, als sie meine Erektion wahrnahm.

Jetzt hatte ich alles verspielt ... Ich meine, wir kannten uns kaum. Sie hatte mich nur um Hilfe bei ihrem Sofa gebeten, und klar, wir flirteten, aber das bedeutete nicht automatisch mehr. Zumindest nicht nach nur knapp vierundzwanzig Stunden!

Ich schloss die Augen, sog ein letztes Mal ihren süßen Pfirsichduft ein, der sich leicht mit dem von Paprika vermischt hatte, und rechnete damit, dass sie sich unter meinen Armen hervorwinden würde. Vielleicht würde sie rot anlaufen und so tun, als wäre nichts passiert. Und das wäre die harmloseste Reaktion auf meinen Steifen.

Oder aber sie würde mir eine Szene machen und mich als Lustmolch beschimpfen, bevor sie mich aus dem Haus werfen würde.

Als ich meine Lider wieder öffnete, weil nichts dergleichen geschehen war, sah ich vorsichtig zu ihr nach unten. Sie hatte sich leicht zu mir umgedreht und sah mich fragend an.

Herrje, jetzt mach schon was! Reagier auf meinen Ständer, schrei mich an, oder gib mir eine Ohrfeige, aber sieh mich nicht so ... verdammt süß an!

Als hätte sie mein stummes Flehen gehört, hoben sich zögerlich ihre Brauen. Ich seufzte, machte mich auf die Explosion gefasst.

Aber nichts geschah.

Oder doch – aber so gar nicht das, womit ich gerechnet hatte. Louise reckte sich etwas, presste ihre runden Pobacken gegen meinen Schoß und rieb sie auch noch an mir. Himmel!

»Was ...?« Meine Stimme klang heiser, als sie sich jetzt weiter zu mir umdrehte.

»Wie geht es jetzt weiter?«, fragte sie und biss sich frech auf die Unterlippe.

Diese Frau spielte mit mir! Sie wusste ganz genau, in welcher Situation ich mich eben befand, und nutzte das zu ihrer Unterhaltung auch noch schamlos aus ...

»Wovon genau sprichst du?«, keuchte ich. Ich wusste einiges, was sie jetzt hätte machen können, aber den Teufel würde ich tun und es aussprechen. Nicht, wo ich nicht wusste, wie sie darauf reagieren würde. Immerhin kannte ich sie dafür viel zu wenig. Ich wollte nicht alles verbocken, noch bevor ich eine reelle Chance bei ihr gehabt hätte. Dafür war sie mir zu wichtig, dafür wollte ich sie zu sehr. Dafür war mir das in diesem Moment viel zu klar geworden.

»Na ... den Paprika. Wie soll ich ihn jetzt schneiden.«

»Genau ... Paprika! Also das Beste ist, wenn du ihn in Rauten schneidest. So.« Ich führte ihre Hand mit dem Messer und trat dann zurück. »Die Zwiebel kannst du auch in so große Stücke schneiden.«

Anschließend tat ich so, als widmete ich mich ausschließlich dem Hühnerfleisch. Aus dem Augenwinkel sah ich aber, wie mich Louise von der Seite musterte und breit grinste.

So eine Hexe!

Ich schmunzelte und rieb die Hühnerbrust mit Salz und Pfeffer ein, bevor ich ein Ei aufschlug und verquirlte.

Bis das Essen fertig war, kam es zu keiner weiteren Hormonexplosion. Dafür hatten wir beide schon das zweite Glas Rotwein in der Hand, als wir endlich bei Tisch saßen und auf den Abend anstießen.

»Ich glaube, ich bin schon leicht beschwipst.« Louise lachte, was sie nicht davon abhielt, einen großen Schluck zu trinken.

»Das liegt daran, weil du noch nichts gegessen hast.«

»Bestimmt. Lass uns nicht länger warten, es duftet so herrlich.«

»Guten Appetit.« Belustigt sah ich zu, wie sie den ersten Bissen zum Mund führte und sich ihr Gesichtsausdruck veränderte, als sie die süße Ananas-Paprika-Honigsoße schmeckte und gleichzeitig auf das knusprige Sesamhühnchen biss.

»Boah, das schmeckt richtig lecker!«

»Freut mich, dass es dir schmeckt«, gab ich ehrlich zu.

Ich lachte erleichtert und führte nun ebenfalls die Gabel zum Mund.

»Das musst du öfter für mich kochen.«

Unbeirrt aß sie weiter, während ich völlig hin und weg war.

»Was sagt eigentlich Hank dazu, dass du schon wieder bei mir bist? Ich hoffe, er wird nicht eifersüchtig auf mich …«

Sie lächelte mich über den Rand ihres Rotweinglases an und trank.

»Hank ist ein harter Kerl. Er ist es gewohnt, dass ich ab und an länger arbeiten muss, und … ich bin mir sicher, er wird dich lieben.«

Sie sah mich mit einem außergewöhnlichen Glitzern in den Augen an.

»Das heißt also, du willst mich ihm vorstellen?«

»Wenn du willst, kann ich ihn Montagabend mitnehmen. Er ist sehr artig und hat auch bisher nur ein einziges Paar Schuhe zerkaut.«

Louise gluckste und spießte ein Stück Hühnerfleisch auf.

»Ich freue mich, ihn kennenzulernen. Als Kind habe ich mir immer einen Hund gewünscht. Aber meine Eltern waren dagegen, und ich dachte mir, ich würde mir einen Hund nach Hause holen, sobald ich meine eigenen vier Wände hätte.«

Ich versuchte, mir Louise als kleines Mädchen mit blonden Löckchen vorzustellen, wie sie im rosafarbenen Kleid durch den Garten hüpfte und »Ich will ein kleines Hündchen« vor sich hin sang.

»Dann spricht ja jetzt nichts mehr dagegen.«

»Mal sehen«, meinte sie und schob Reis auf ihre Gabel. »Immerhin weiß ich noch nicht, wie die Arbeitszeiten tatsächlich sind. Miss Fontaine sagte, dass besonders in der Anfangsphase viel Arbeit auf mich zukommen wird.« Sie zuckte mit den Schultern. »Aber mir läuft ja nichts davon, und in der Zwischenzeit freunde ich mich einfach mal mit Hank an.«

»Klingt nach einem guten Plan.« Und wie gut der ist, dachte ich, weil ich sie dann schließlich auch näher kennenlernen werde.

Louise nickte und sah gebannt auf meine Lippen, als ich ein kleines Stück Ananas in meinem Mund verschwinden ließ.

Ich war mir sicher, sie konnte genauso wie ich diese Spannung zwischen uns spüren, die ich durch belanglose Gespräche immer wieder zu entkräften versuchte. Würde ich das nicht tun, wer wusste, was dann zwischen uns passieren würde? Und ich wollte es nicht durch unüberlegtes Handeln zwischen uns verderben.

Nach dem Essen räumte ich das Geschirr in die Küche und bestand darauf, dass Louise sitzen blieb.

»Das gehört alles zum Service«, hatte ich ihr erklärt und gleichzeitig gehofft, ein paar Sekunden für mich zu haben, um mich mit stupider Küchen- und Aufräumarbeit wieder zu beruhigen.

Doch ich hatte nicht damit gerechnet, dass Louise so sturköpfig war. Natürlich stand sie kurz darauf mit den Weingläsern in der Küche und spülte sie unter fließendem Wasser aus.

Ich musste mich nicht einmal zu ihr umdrehen – mein Körper reagierte ganz von selbst auf ihre Anwesenheit im Raum. Die Härchen an meinen Armen stellten sich auf, als würden sie sich in ihre Richtung strecken, um von ihr berührt zu werden. Und nicht nur sie standen stramm von meinem Körper weg …

Vielleicht war es das Beste, mich jetzt von ihr zu verabschieden, bevor ich übereilt etwas tat, das alles, was zwischen uns entstanden war, im Keim erstickte.

Als ich den letzten Teller in die Spülmaschine gestellt hatte, tauchte Louise plötzlich neben mir auf und strich sanft mit ihren Fingern über meinen Unterarm.

Ich schloss die Maschine und sah zu ihr hin, die aus mir einen hechelnden Idioten machte. »Ich … sollte mich dann auf den Weg machen …«, sagte ich heiser.

»Aber ich habe bisher doch nur die Anzahlung geleistet.« Dabei sah sie mich mit diesem völlig unschuldigen Blick an, bei dem ich ahnte, dass er nur gespielt war.

Sie führte ihre Hände in meinen Nacken und sah mir tief in die Augen.

Ich war verloren.

»Hör zu, ich will nicht, dass du eine schlechte Meinung von mir hast«, begann sie, und während sie das sagte, drückte sie nicht nur ihr Becken gegen meines, sondern rieb auch noch ihre Brüste an mir.

Heilige Scheiße!

War sie von allen guten Geistern verlassen? Und was genau sagte sie? Ich konzentrierte mich mit aller Kraft auf die Worte, die ihre weichen Lippen verließen …

»Ich bin nicht so eine. Ich werfe mich nicht jedem Mann, der mir über den Weg läuft, in die Arme. Schon gar nicht nach so kurzer Zeit. Ich meine …« Sie lachte kurz auf. »… wir kennen uns kaum. Und trotzdem fühlt es sich so an, als hätten wir schon ein halbes Leben gemeinsam verbracht.«

Sie seufzte tief, und ich versuchte immer noch, aus ihren Worten schlau zu werden.

»Verdammt, ich will dich so sehr, Noah«, hauchte sie.

Noch bevor ich so richtig verstand, was sie gesagt hatte, spürte ich ihre Lippen auf den meinen.

Ich kam mir vor wie in einem Traum. Alles war so unwirklich und doch so … wow! Seit Louise vor mir in der Tür gestanden hatte, wollte ich nichts sehnlicher, als sie zu küssen. Und nachdem ich das erste Mal in den Genuss ihrer zarten Lippen gekommen war, drängte es mich nach mehr. Ich war süchtig nach ihr, wollte ihren Atem in meinem Mund spüren, ihre heiße Haut schmecken. Ich begehrte diese Frau so sehr wie noch keine andere zuvor.

Und in diesem Augenblick war es um mich geschehen. Ich warf alle Sorgen und Zweifel über Bord. Sie wollte mich, und ich wollte sie. Was sollte daran falsch sein?

Zärtlich hielt ich ihren Kopf, die andere Hand in ihrem Rücken. Ihre Zunge massierte meine und löste Vibrationen aus, die mich sehnsüchtig aufstöhnen ließen.

Louise keuchte an meinem Mund und sah mich mit verklärtem Blick an. Es war, als wollte sie ein letztes Mal wissen, wie ich auf ihren Überfall reagierte, aber nicht eine einzige Faser in meinem Körper hätte sich das Gegenteil gewünscht …

Fünf – Louise

Noah war überall. Sein Duft hatte sich in meinem Kopf eingenistet und dort gemeinsam mit seiner Stimme das Kommando übernommen. Chefkoordinator waren meine Hormone. Ich lag wehrlos in Noahs Armen, presste mich an seinen Körper und rieb mich an ihm.

Alles, was ich wollte, war, ihn endlich ganz zu spüren. Seine erhitzte Haut auf meiner, seine Hände überall auf meinem Körper. Ich wollte ihn, seit er gestern in meiner Tür gestanden hatte. Dass das alles völlig verrückt war, vertrieb ich in den hintersten Winkel meines Kopfes, denn ich wollte jetzt nicht denken. Ich wollte fühlen, riechen, schmecken.

Sein Dreitagebart rieb über die dünne Haut an meinem Hals, als er sich daran weiter nach unten küsste. Keuchend hielt ich mich an seinem Kopf fest, ließ zu, dass er Knopf für Knopf meiner Bluse öffnete. Was hieß da, ich ließ es zu …? Ich hätte mir wahrscheinlich den Baumwollstoff von mir gezerrt, hätte er sich dabei zu viel Zeit gelassen.

»Lass uns … ins Schlafzimmer gehen«, seufzte ich, als er knapp über meinem Bauchnabel war. »Die Nachbarn sind hier wohl sehr neugierig.« Ich deutete mit dem Kopf zum Küchenfenster, das zur Straße gerichtet war und von der man bestimmt super hereinsehen konnte, da wir ja noch das Licht anhatten.

Noah brummte etwas Unverständliches, nickte aber und zog mich an seiner Hand hinter sich her. Ich löschte das Licht in allen Räumen, durch die wir uns bewegten, ehe ich mich noch an der Schlafzimmertür wieder in seinen Armen fand.

»Nie hätte ich gedacht … aber so sehr gehofft …«, murmelte Noah an meinem Ohr und leckte mit der Zunge über die empfindliche Stelle darunter.

»O Gott.« Meine Lider flatterten, und ich wand mich nur ungern aus seinen Händen.

Doch ich wollte erst noch die Jalousien vor dem Schlafzimmerfenster herunterlassen, bevor ich mich ständig mit dem Gedanken quälte, es könnte jemand von draußen hereinstarren. Mit den Lamellen verbannte ich auch das Mondlicht und das der spärlichen Straßenbeleuchtung. Nur durch die offene Zimmertür fiel noch schwacher Schein in den Raum.

Ich sah zu Noah, der immer noch an der Tür stand. Langsam kam er auf mich zu und zog sich sein T-Shirt über den Kopf. Er warf es achtlos zu Boden, und als er bei mir war, streifte er meine Bluse über die Schultern und tat mit ihr dasselbe.

»Ist es … ich meine, willst du, dass es dunkel bleibt? Oder kann ich deine Nachttischlampe anmachen? Ich würde dich zu gerne sehen und mich vergewissern, dass ich nicht gerade einen heißen Traum habe.«

Seine Worte bewegten mich und brachten mich gleichermaßen zum Schmunzeln. Ich drehte mich kurz von ihm weg und tippte einmal an den Sockel der kleinen Lampe, die das Schlafzimmer sofort in sanftes Licht tauchte.

Als ich mich Noah wieder zuwandte und in seine Augen sah, erkannte ich in seinem Blick, wie sehr er mich wollte. Seine Lippen waren leicht geöffnet und glänzten von seinem Speichel – als würden sie nach mir rufen, um sie zu küssen.

Noahs Mundwinkel hoben sich zu einem Lächeln. Er streckte einen Arm aus und zog mich wieder an sich. Seine warme Haut an meiner zu spüren, war einfach … so unbeschreiblich gut, so erotisch. Langsam streichelte ich seinen Oberarm nach oben und stellte fest, dass es vermutlich nichts auf dieser Welt gab, das sich so herrlich anfühlte wie nackte Haut.

Ich sah ihn liebevoll an, sog seinen Duft ein und schloss dann die Lider. Gleichzeitig spürte ich seine Lippen auf meinen. Unser Kuss war erst zärtlich, doch er wurde wilder und leidenschaftlicher. Dieses Brennen in mir, das Knistern, das sich zwischen uns ausbreitete an jenen Stellen, an denen wir uns beinahe berührten, machte mich schwindelig. Es war, als wären wir zwei Magneten, die sich unaufhaltsam voneinander angezogen fühlten. Und zu fühlen, wie sehr mich Noah wollte, war … einfach nur wow! Er sah mich auf eine Art an, berührte mich, wie es noch nie jemand zuvor getan hatte.

Wir sanken auf das Bett, Noah halb über mir. Seine Finger tanzten über meinen Oberkörper, berührten mich überall dort, wo ich nackt war. Doch ich sehnte mich nach so viel mehr.

Entschlossen schob ich Noah von mir und setzte mich rittlings auf ihn. Seine tiefgrünen Augen schienen sogar in dem schwachen Licht wie Smaragde zu leuchten. Sein Atem ging flach und schnell, genau wie meiner.

Ich öffnete meinen BH und warf ihn zu unseren anderen Kleidungsstücken auf den Boden. Dann beugte ich mich wieder zu Noah hinab, küsste seine bebenden Lippen, seinen Hals, weiter hinab zu seiner Brust. Ich ließ meine Zunge um seine Brustwarzen kreisen und entlockte ihm damit ein tiefes Stöhnen.

Mein ganzer Körper prickelte, und dieses sanfte Beben in mir konzentrierte sich in meinem Schoß. Hektisch rutschte ich noch etwas tiefer und zerrte an seinem Gürtel.

Noah half mir, seine Jeans nach unten zu streifen, und schob sie mit den Füßen über die Bettkante. Dann kniete er sich auf und packte mich an den Hüften. In seinem Blick loderte Feuer, als er die Knöpfe meiner Hose öffnete.

Mein Herz galoppierte in einem wilden Rhythmus in meiner Brust und trommelte bei seinem liebevollen Lächeln die Schar an Schmetterlingen in meinem Bauch wach, die – angetrieben von seinen zärtlichen Berührungen – sofort in meinen Schoß flatterten.

»Leg dich hin«, wies er mich leise an, und ich gehorchte ihm.

Das Laken fühlte sich kühl an auf meiner erhitzten Haut.

Noah küsste mich kurz auf die Lippen, auf die Stelle zwischen meinen Brüsten, auf meinen Bauchnabel. Dann zog er mir die Hose von den Hüften und warf sie zu unserer restlichen Kleidung.

Als er sich wieder über mich beugte, erfasste mich ein wohliger Schauer. Zärtlich tänzelte seine Zunge über meinen Körper. Mit einer Hand umfasste er eine Brust, während er vorsichtig an der anderen Brustwarze knabberte.

»Noah …«, stöhnte ich auf und krallte mich an seinem Rücken und seinem Nacken fest.

Er umschloss sie mit seinen Lippen, sog daran und schickte heiße Wellen in meinen Schoß.

Meine Hände wanderten tiefer, zu dem einzigen Stück Stoff, das er noch trug. Doch ich wollte, dass nichts mehr zwischen uns war, das unsere Haut voneinander trennte. Mit Noahs Hilfe schob ich seine Boxershorts nach unten. Gleich darauf lag auch ich nackt vor ihm.

Meine Haut schien zu glühen und war trotzdem von einer Gänsehaut überzogen.

Noah legte sich neben mich. Ich wollte ihn auf mich ziehen, ihn endlich spüren, doch er hatte offensichtlich andere Pläne. Zärtlich küsste er mein Kinn, während seine Finger über meine Taille tänzelten, die bis hinab zu meinem Oberschenkel und an dessen Innenseite wieder nach oben glitten.

Ich seufzte, schloss die Augen und genoss es, seine Bartstoppeln auf meiner sensiblen Haut zu spüren.

Als Noahs Finger mein Zentrum erreichten, stöhnte ich auf und drückte meinen Rücken durch. Meine Oberschenkel öffnete ich noch weiter für ihn, ließ es zu, dass sein Finger langsam in mich glitt, nur um kurz darauf nass um meine Perle zu kreisen.

Ja, Noah war, soweit ich das beurteilen konnte, in jeglicher Hinsicht geschickt mit seinen Händen …

Als ich dachte, jeden Moment zu kommen, ließ er von mir ab. Empört blinzelte ich gegen das schwache Licht an, wollte protestieren. Doch als ich sah, wie er sich eines von Mayas Kondomen überrollte, die ich auf den Nachttisch gelegt hatte, machte mein Herz erneut einen Satz, während es in meinem Schoß vor Verlangen brannte. Gleich würde es so weit sein, gleich würde ich ihn spüren …

»Nicht, dass du denkst, ich hätte das alles so geplant«, flüsterte ich in sein Ohr, als er sich zwischen meine gespreizten Schenkel senkte.

Er sah mich amüsiert und erregt zugleich an. »Nicht, dass du denkst, das mache ich bei jeder Kundin«, konterte er und küsste mich dann so intensiv, dass mir die Luft wegblieb. »Denn so was ist mir vorher noch nie passiert …«

Dann glitt er sanft in mich.

Alles um mich herum verschwamm, es gab nur uns beide, seinen männlichen Duft in meiner Nase. Noah in mir.

Stöhnend hob ich ihm mein Becken entgegen. Langsam begann er, sich zu bewegen. Seine Arme hatte er neben meinem Kopf abgestützt, während er meine Reaktionen von meinem Gesicht abzulesen versuchte.

Ich hielt mich an ihm fest, folgte seinem Rhythmus. Es fühlte sich berauschend an, und doch wollte ich das Tempo bestimmen. »Lass mich rauf«, bat ich dann.

Noah legte einen Arm um mich und drehte sich auf den Rücken, bis ich auf ihm saß.

Als ich mich aufrichtete, spürte ich ihn so tief wie nie jemand zuvor. Scharf sog ich Luft in meine Lungen und bewegte mich in meinem eigenen Rhythmus. Stöhnend warf ich den Kopf in den Nacken, genoss es, wie er sich in mir anfühlte.

Noah hatte seine Hände an meine Hüften gelegt, dirigierte meine Bewegungen. Mit einer Hand glitt er näher an meine Mitte, und als sein Daumen wieder sanft über meine Perle rieb, hatte ich schnell den Punkt von vorhin überschritten.

»Noah ... ich komme gleich ...«, keuchte ich und sah ihn wieder an.

Ein dünner Schweißfilm schimmerte auf seiner Haut. Der Ausdruck auf seinem Gesicht war so pur, so echt, animalisch und erregend. Ihn anzusehen genügte, um die Explosion in mir auszulösen.

Wie sanfte Hände trugen mich die Wellen der Erlösung. Wieder und wieder bewegte ich mein Becken, rieb mich an ihm. Mit einem lauten Knurren kam auch Noah und schickte mit diesem Geräusch eine weitere Welle in mir los, zwar sanfter als jene zuvor, doch nicht weniger befreiend.

Kraftlos sank ich auf ihn hinab, vergrub meine Nase in seiner Halsbeuge und lauschte meinem Herzschlag und seinem schnellen Atem, während seine Hände zärtlich über meinen Rücken und meinen Hintern streichelten.

Die Morgensonne kämpfte sich zwischen den schmalen Schlitzen der Jalousie hindurch und erhellte schwach den Raum, der nach Sex und Noah roch. Und nach ... Frühstück?

Ich tastete neben mich. Das Laken war kalt und zerwühlt. Irritiert richtete ich mich auf und sah mich um. Das Schlafzimmer war leer, doch ich hörte leise Musik aus der Küche.

Mit einem Lächeln auf den Lippen schlüpfte ich aus dem Bett und suchte mir etwas zum Überziehen. Mein Blick fiel auf Noahs T-Shirt, das er mit meiner Kleidung ans Fußende des Bettes gelegt hatte. Ohne lange darüber nachzudenken, zog ich mir den Baumwollstoff über den Kopf und atmete Noahs Duft tief in mich ein.

Sofort schlug mein Herz aufgeregt, und ich hielt einen Augenblick inne, presste den Stoff noch einmal an meine Nase, bevor ich einen frischen Slip aus meiner Kommode nahm. Nachdem ich mich angezogen hatte, ging ich in die Küche.

Kräftiger Kaffeeduft empfing mich, vermischt mit dem von frischem Omelette. Noah stand mit dem Rücken zu mir. Seine Jeans saß tief auf seinen Hüften, was verdammt heiß aussah. Sofort musste ich wieder an letzte Nacht denken und lehnte den Kopf schmunzelnd an den Türrahmen.

Dann ging ich leise auf Noah zu, bis ich hinter ihm stand und meine Arme um seine Hüfte legte.

»Guten Morgen.« Ich hörte, wie er lächelte, obwohl ich sein Gesicht nicht sah.

Verliebt küsste ich ihn auf sein Schulterblatt. »Auch guten Morgen. Ich hoffe, du bist ein Frühaufsteher und nicht wach geworden, weil mein Bett eine verdammt schlechte Matratze hat.«

»Keine Sorge, dein Bett ist mindestens so bequem wie meines. Aber als mich dein Schnarchen geweckt hat, musste ich einfach aufstehen und Kaffee kochen, in der Hoffnung, dich damit wach zu kriegen.«

Mit einem frechen Grinsen drehte er sich zu mir um, und ich schlug ihm empört auf die nackte Brust.

»Ich schnarche nicht!«

»Woher willst du das wissen?« Er zwinkerte mich an und nahm »unsere« zwei Tassen aus dem Regal. Dann goss er Kaffee ein, während ich ihm mit leicht roten Wangen und geöffnetem Mund dabei zusah.

Als er sich wieder zu mir drehte, lachte er laut. »Tut mir leid, Louise, aber das war einfach eine zu gute Vorlage. Natürlich schnarchst du nicht.« Er küsste mich zärtlich auf die Lippen und reichte mir dann meinen Kaffee. In seinen schaufelte er wieder vier Löffel Zucker, ohne ihn zu verrühren, und stellte die Tasse dann auf den Tisch, auf dem schon eine Schale mit geschnittenem Obst und Beeren stand.

»Echt jetzt?«, sagte ich überrascht. »Du siehst heiß aus, bist stark, küsst, dass es mir den Atem raubt, und kannst wahnsinnig lecker kochen. Der Sex war auch nicht ohne …«

»Nicht ohne?« Noah sah mich gespielt schockiert an, was mich zum Lachen brachte.

»… und jetzt machst du mir auch noch Frühstück? Wo warst du mein bisheriges Leben?«

»Nicht ohne?«, wiederholte er und kam auf mich zu. Dann legte er die Arme um meine Taille und ließ seine Finger unter mein T-Shirt wandern. »Dann müssen wir es wohl wiederholen, und ich muss mich noch mehr ins Zeug legen …« Zärtlich küsste er mich auf meine Mundwinkel und knabberte an meiner Unterlippe.

Mein Körper reagierte sofort auf seine Berührungen. Meine Brustwarzen richteten sich auf und flehten nach seinen geschickten Händen.

»Nichts lieber als das …«, murmelte ich. »Aber ich brauche erst Kaffee.« Wie auf Kommando knurrte mein Magen. »Und etwas von deinem köstlich duftenden Frühstück.«

Noah hielt sein Versprechen. Nachdem wir beide satt waren und ich meinen Koffeinpegel wieder auf das Standardmaß gebracht hatte, trug er mich zurück ins Schlafzimmer, wo wir uns ein weiteres Mal liebten. Und wenn ich nach letzter Nacht schon dachte, der Sex mit ihm sei fantastisch, so wurde ich eines Besseren belehrt.

Denn diesmal ließen wir uns Zeit. Die drängende Lust, die uns gestern noch dirigiert hatte, war verflogen und wurde durch liebevolle Zärtlichkeit und Leidenschaft ersetzt. Noah verwöhnte mich mit solcher Hingabe und Aufmerksamkeit, als wäre es sein oberstes Ziel, mich zu befriedigen und glücklich zu machen. Ein völlig neues, aber unglaublich schönes Gefühl …

Es war fast Mittag, als ich nackt an ihn geschmiegt mit dem Kopf auf seiner Brust lag und seinen Atemzügen lauschte, während er mit seinem Finger Kreise auf meinem Rücken zog.

»So gern ich hier mit dir liege, aber ich muss nach Hause zu Hank. Misses Goldbutter, meine Nachbarin, hat ihm bestimmt etwas zu fressen gegeben und ist kurz mit ihm nach draußen, aber mir ist es trotzdem lieber, wenn ich mich mit eigenen Augen davon überzeugen kann, dass es ihm gut geht.«

»Aber klar, das verstehe ich«, sagte ich, obwohl es nach Abschied klang. Und Abschied war das Letzte, das ich jetzt wollte.

»Komm doch einfach mit zu mir. Pack dir Kleidung ein und verbringe die Nacht mit mir.«

Noah raunte diese Worte in mein Ohr auf eine Art und Weise, die mir sofort wieder eine kribbelnde Gänsehaut über den Rücken und Vorfreude in den Schoß schickte.

»Hätte ich morgen nicht meinen ersten Arbeitstag, würde ich glatt Ja sagen ...«

Alleine die Vorstellung, morgen wieder in seinen Armen aufzuwachen, war unschlagbar. Aber nicht auszudenken, wenn ich verschlafen würde. Außerdem kannte ich den Weg von ihm in die Arbeit noch nicht. Was, wenn ich mich verfahren würde? Oder wenn ich etwas zu Hause vergessen würde und eilig noch einmal hier einen Zwischenstopp einlegen müsste? Nein, das wäre mir dann doch zu viel Hektik.

»Dann komm mit, und ich bringe dich nach dem Abendessen wieder her. Versprochen.«

Er küsste mich auf den Scheitel, als hätte er diesen Kuss gebraucht, um mich zu überreden. Aber meine Entscheidung hatte ich längst getroffen.

»Nur, wenn du wieder für mich kochst.«

»Du Erpresserin!«

Grinsend kitzelte mich Noah, bis mir vor Lachen Tränen über die Wangen liefen.

Als ich neben ihm im Lieferwagen saß, kam es mir vor, als wäre es schon Tage her, seit ich mit ihm mein Sofa gekauft hatte. Dabei waren es noch nicht einmal volle vierundzwanzig Stunden.

Auf der Fahrt zu ihm nach Hause erzählte er ein wenig von sich.

»Meine Eltern wohnen in Kansas. Sie führen dort schon seit dreißig Jahren ihr Restaurant. Mein Vater hätte mich immer gerne als Nachfolger dafür gesehen, aber das wollte ich nie. Vielleicht war das der Grund, weshalb ich die erste Möglichkeit genutzt habe, von zu Hause wegzukommen.«

»Verstehst du dich nicht mit deinen Eltern?«

»Doch schon. Aber ich weiß, mein Vater würde sich weiterhin ständig einmischen, auch wenn ich vielleicht schon über Jahre hinweg Eigentümer des Restaurants wäre. Das würde nur unnötigen Streit geben. Und dann war ja noch mein Wunsch, nach Höherem zu streben und zu studieren.«

Er schmunzelte vielsagend, und ich war mir nicht sicher, ob er es tatsächlich wortwörtlich so meinte oder ob er mit seinen Worten nur die Ironie seiner eigenen verzwickten Lage unterstreichen wollte.

»Abgesehen davon war es mir dort zu ... ländlich.« Er grinste breit, als ich ihn mit ironischem Blick ansah.

»Ja, ich weiß. Hier herrscht auch nicht gerade Großstadtflair.« Er sah mich kurz feixend an, seufzte dann und richtete seinen Blick wieder auf die Straße. »Als ich Kansas verließ, wollte ich ursprünglich auf einem Schiff als Koch arbeiten. Aber dann hat es sich so ergeben, dass ich in Kettle Falls, ungefähr dreißig Meilen von Carlington, einen Job in einem durch den *Gayot Guide* ausgezeichneten Restaurant angeboten bekam. Diesen Award bekommen jedes Jahr nur vierzig Restaurants in den USA – natürlich wäre ich verrückt gewesen, diese Stelle auszuschlagen. Also habe ich dort gearbeitet. Leider gab es aber nach einer Weile im Team ständig Zoff – also richtig groben. Nach einem Jahr hatte ich die Schnauze so voll davon und hörte dort auf. Da ich keinerlei andere Verpflichtungen hatte, nutzte ich meine Chance und studierte an der *University of Washington* Economics. Tja, und den Rest kennst du ja bereits.«

Irgendwie tat er mir leid. Er hatte so viel für seine Träume getan, und trotzdem sah es so aus, als ob es das Leben einfach nicht gut mit ihm meinte.

»Irgendwann werden sich auch deine Träume erfüllen.« Ich drückte fest seine Hand und entlockte ihm damit ein Lächeln.

»Irgendwann ... sicher«, murmelte er.

Bis wir bei seinem Haus ankamen, sprachen wir nicht mehr. Das war aber auch nicht notwendig. Ich lehnte mich mit dem Kopf an die Kopfstütze und sah der Landschaft zu, die an uns vorbeizog, während ich meine Finger mit Noahs fest verschränkt hatte. Es gab mir ein Gefühl von Sicherheit, ihn zu spüren, und ich hoffte, dass ich ihm durch diese simple Berührung genauso Zuversicht schenken konnte.

Gleich als ich aus dem Wagen stieg, hörte ich ein kräftiges Bellen, vermischt mit freudigem Jaulen. Als Noah die Fahrertür zuschlug, stürmte ihm aus dem Hauseingang des Nachbarhauses ein großer Golden Retriever entgegen. Der Hund sprang an ihm hoch und begrüßte ihn aufgeregt.

»Jaaa, braver Junge.« Noah tätschelte Hanks Schulter und wuschelte ihm durch sein Fell. »Schon gut, ich hab dich auch vermisst, Dicker. Tut mir leid, dass du die Nacht bei Misses Goldbutter verbringen musstest, aber ich bin mir sicher, dir ist es nicht schlecht bei ihr ergangen.« Er sah zu der alten Frau hoch, die im Türrahmen stand und schmunzelnd die Begrüßungsszene beobachtete.

»Ich hab ihm auch nicht zu viel von der Wurst gegeben. Aber Sie kennen das ja, wenn er einen so lieb anschaut. Also zumindest ich kann da nicht Nein sagen.«

»Ja, Hank beherrscht den Blick perfekt. Nicht wahr, Kumpel?«

Als die erste Freude über die Rückkehr seines Herrchens vorüber war, kam der Hund auf mich zu und beschnupperte neugierig meine Hand.

»Nur zu«, sagte Noah, als ich ihn fragend ansah.

Also beugte ich mich zu dem Hund hinunter und kraulte ihn hinter den Ohren.

»Na hallo, du süßer Kerl.« Er hob seine Pfote und legte sie auf meinen Unterarm. Dann ließ er sich zur Seite gleiten und rollte sich auf den Rücken. Sofort kniete ich mich neben ihn und streichelte kräftig seine Brust.

»Oh, da ist wohl jemand verliebt.« Noah beobachtete uns schmunzelnd. »Misses Goldbutter, ich befürchte, Sie haben Konkurrenz bekommen.«

Lachend stand ich auf und stellte mich der alten Frau vor. »Louise Foley. Keine Sorge, ich denke, Ihre Stelle bei ihm werde ich nie einnehmen können.«

Die Frau, die sich als Elsa Goldbutter vorstellte, winkte jedoch ab. »Ach, da wäre ich mir nicht so sicher, Miss«, meinte sie lächelnd, als ob sie ein besonderes Geheimnis kennen würde, und zwinkerte Noah zu. Dann verabschiedete sie sich von uns, steckte Hank noch ein Leckerli zu und schloss dann ihre Tür.

»Hank, alter Junge, hast du Lust auf einen Spaziergang?«

Als ob er alles genau verstanden hätte, antwortete er mit einem Bellen. »Na, dann komm!«

Noah griff nach meiner Hand und verschränkte unsere Finger wieder miteinander, während Hank schon vorauslief und hinter dem Haus vorbei auf das freie Feld neben dem Wald trottete.

»Bist du schon aufgeregt wegen morgen?«, fragte mich Noah, als wir den Feldweg entlanggingen.

»Ein klein wenig. Eher gespannt, was mich alles erwarten wird. Aber Clara Fontaine wirkte sehr nett auf mich, und nachdem ich endlich das tun darf, was mir am meisten Spaß macht, bin ich ganz zuversichtlich, dass mir der Job gefallen wird.«

»Keine Angst vor der Herausforderung?«

»Kein bisschen.« Ich zwinkerte ihm zu, und er legte seinen Arm um meine Schulter.

»Na ja, so hat zumindest einer von uns sein Ziel erreicht.«

In seiner Stimme schwang ein wenig Melancholie mit. Ich legte meinen Arm um seine Hüfte und streckte mich im Gehen, um ihn auf die Wange zu küssen.

Noah wohnte etwas außerhalb Carlingtons. Seine Zufahrt wirkte eher wie ein Waldweg, an dessen Ende zwei Häuser standen. Links wohnte seine Nachbarin, die Hundesitterin. Im rechten war er zu Hause, und sein Haus war richtig toll! Es musste in etwa so groß sein wie meines, jedoch hatte es ein Schlafzimmer weniger. Dafür waren die anderen Räume größer.

Und, o Gott, ich liebte alles hier! Viele Möbelstücke waren aus Holz. Der Esszimmertisch sah aus, als wäre ein Baum aus dem Boden gewachsen und hätte sich in letzter Minute dazu entschieden, sich zu einem Tisch zu formen.

In seinem Wohnzimmer hatte er einen großen Kamin, und als ich ihn nach draußen begleitete, um ihm beim Holzhacken zuzusehen, hätte ich ihn am liebsten dabei gefilmt. Dann hätte ich ihn in dem Video immer und immer wieder anschmachten können.

Es machte mich an, zu sehen, wie er die schwere Axt über den Kopf schwang und kraftvoll auf die Holzscheite niedersausen ließ. Seine Armmuskulatur kam dabei besonders zur Geltung, und als drinnen wenig später ein knisterndes Feuer im Kamin prasselte, liebten wir uns auf dem Hochflorteppich davor.

Hank hatte sich in sein Bettchen verzogen, die Pfote über seine Augen gelegt und ein seltsam schnaubendes Geräusch von sich gegeben. Dann war er eingeschlafen.

Als Noah mich spätabends nach Hause brachte, fuhr er mit seinem Jeep. Hank begleitete uns.

Der Abschied fiel uns schwer. Ich wollte gar nicht aussteigen. Verrückterweise fühlte es sich an, als ob wir uns schon ewig kennen würden … Oder zumindest so, als hätten wir unser vorheriges Leben miteinander verbracht.

»Wir sehen uns doch morgen Abend schon wieder. Immerhin muss ich deine Außenlampe reparieren.«

»Stimmt«, antwortete ich ihm schwermütig. »Trotzdem wäre es schön, neben dir aufzuwachen.«

»An mir soll es nicht scheitern.« Noah zwinkerte mir zu.

»Ich weiß. Aber ich muss morgen einfach einen klaren Kopf haben und ausgeschlafen sein. Und wenn ich mir dich so ansehe, kann ich nicht garantieren, dass wir diese Nacht auch nur ein Auge zumachen werden.«

Noah lachte kehlig. »Das traue ich uns beiden glatt zu.«

Er sah mir tief in die Augen und legte seine Hand an meine Wange. »Bis morgen. Ich denke an dich.«

»Und ich an dich.«

»Ich …«, setzte Noah an, überlegte es sich dann jedoch anders. Er presste seine Lippen aufeinander und sah auf die Straße, die verlassen vor uns lag.

»Was?«, fragte ich, und meine Stimme zitterte dabei.

Er holte tief Luft und sah mich dann wieder an. »Nein, ich will nicht, dass ich dich … verschrecke oder so.«

»Womit?«

»Mit dem, was ich dir eigentlich sagen will. Mit dem … was ich für dich empfinde.« Er war ganz leise geworden.

»Sag es einfach«, flüsterte ich. »Vielleicht ist es ja dasselbe, was ich fühle.«

Er sah mich an und suchte in meinem Blick nach der Wahrheit meiner Worte. Aufmunternd nickte ich ihm zu.

»Ich hab noch nie eine Frau wie dich getroffen, weißt du das?«

Langsam schüttelte ich den Kopf und wagte es nicht, zu sprechen und ihn womöglich zu unterbrechen.

»Du kannst mich für verrückt halten, wenn du willst, aber … ich hab mich Hals über Kopf in dich verliebt, Louise.«

Mein Herz klopfte so kräftig, dass ich Angst hatte, es könnte sich bei dem schnellen Galopp überschlagen. Das war das absolut Süßeste, was je jemand zu mir gesagt hatte! In meinem Bauch kribbelte es wohlig, und am liebsten hätte ich ihn gebeten, seine Worte zu wiederholen.

»Das klingt kein bisschen verrückt«, gestand ich dann. »Weil es mir genauso geht.«

Seine Mundwinkel hoben sich zu einem glücklichen Strahlen. Dann schnallte er sich ab und lehnte sich zu mir herüber. Er küsste mich, dass er mir damit fast den Atem raubte und es mir noch schwerer machte, mich von ihm für heute zu verabschieden.

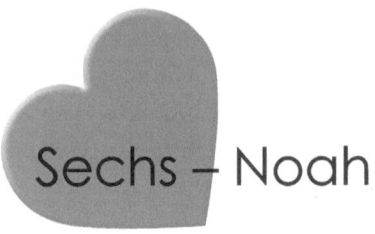

Sechs – Noah

Ich hatte beschlossen, nach der Arbeit Ron zu Hause zu besuchen. Der Mann war schon fast vierzig und wohnte immer noch bei seiner Mutter. Obwohl er vermutlich aus diesem Grund schon lange keine Freundin mehr gehabt hatte, kam ihm diese Tatsache zumindest jetzt zugute, da sich Mrs Bates um ihn kümmerte, als wäre er immer noch ihr kleines Baby.

»Hey, Kumpel. Na, alles fit?« Ich ließ mich auf dem Sessel neben dem Sofa nieder, auf dem mein Arbeitskollege lag und seinen eingegipsten Unterschenkel hochgelagert hatte.

»Klar. Nächste Woche komme ich wieder zur Arbeit.«

»Aber sicher. Und übernächste Woche läufst du beim Marathon mit.« Ich klopfte ihm auf die Schulter und drückte ihm eine Tüte mit den sauren Drops gegen die Brust, die er ständig auf unseren Touren lutschte.

»Mich stinkt das Nichtstun jetzt schon an. Du weißt, ich halte das gar nicht aus. Wie soll ich mich die nächsten Wochen schonen? Außerdem bin ich auf den Job angewiesen. Ich hab Rechnungen zu bezahlen.«

Sein Vater war vor etwas über zehn Jahren gestorben, und seitdem wohnte er wieder bei seiner Mutter, weil für sie alleine das Haus zu groß war, wie sie behauptete. Vielleicht brauchte sie aber auch nur jemanden zum Bemuttern …

»Ich weiß. Aber du kannst ordentlich anpacken, und das weiß auch Mister MacTowell. Er wird dich nicht rauswerfen, weil du das erste Mal in … wie vielen Jahren? … ausfällst.«

»Sieben. Ich war die ganzen sieben Jahre nie krank!«

Frustriert öffnete er die Tüte und steckte sich eines der Bonbons in den Mund, bei deren Anblick schon mein Speichelfluss aktiviert wurde.

»Eben. Keep cool.«

Ich lehnte mich zurück und verschränkte die Arme hinter dem Kopf. »Außerdem lasse ich gar nicht zu, dass jemand anderes deine Stelle einnimmt«, argumentierte ich grinsend weiter.

Ron nickte und sah mich mit zusammengekniffenen Augen an. »Wie war dein Wochenende?«, fragte er dann mit einem seltsamen Unterton.

»Ganz okay eigentlich.«

»Okay also … Mhm.«

»Was ist?«

»Ich bin mir nicht sicher … Etwas an dir ist anders. Du hast doch nicht eine neue Arbeit gefunden und wirst kündigen?«, fragte er schockiert.

»Schön wär's …« Ich schnaubte verächtlich.

»Warte … gleich hab ich's.« Er schloss die Lider und rieb mit Daumen und Zeigefinger seine Nasenwurzel. »Du … hast jemanden kennengelernt.«

Dass er so schnell den Nagel auf den Kopf treffen würde, brachte mich aus dem Konzept. Ich konnte nichts darauf erwidern, was für ihn natürlich erst recht eine Bestätigung war. Seine Augen weiteten sich, als ich resignierte, lächelnd seinem Blick auswich und zum Fenster hinaussah.

»Und wenn es so wäre …?«

»Sag nicht, du hast es in der Bar krachen lassen und eine Frau abgeschleppt?«

Ohne mit der Wimper zu zucken, grinste ich weiter vor mich hin und hielt den Blick starr nach draußen gerichtet.

»Nicht ganz. Sie war der letzte Auftrag.«

»Ein Scheiß!« Ron richtete sich weiter auf und verzog kurz schmerzverzerrt das Gesicht. »Du kommst ihr hoffentlich nicht zu nahe, Mann. Wenn sie dich als zu aufdringlich empfindet, steht sie bei MacTowell. Wäre nicht das erste Mal.«

Vor einigen Monaten hatten wir eine ziemliche Aufregung in der Arbeit, da einer unserer jetzt ehemaligen Kollegen einer Kundin an den Po gegriffen hatte.

»Keine Sorge. Sie zeigt mich nicht wegen sexueller Belästigung an.«

»Weil du erst gar nicht versuchst, bei ihr zu landen …« Ron wischte sich mit beiden Händen über das Gesicht. »Mann, Baker, du bist so ein Ehrenmann. Wie willst du je eine Frau abkriegen, wenn du nicht endlich mal rangehst? Also nicht zwingend bei unseren Kunden, aber du bist immer so ein Weichei, was das Frauenaufreißen betrifft. Du musst endlich mal in die Offensive gehen, Frauen stehen da drauf. Die wollen erobert werden. Die wollen, dass du ihnen das Gefühl gibst, als wären sie *die* Einzige.«

»Wenn du es sagst …«

Immer noch lächelte ich vergnügt vor mich hin. Ron war sicher ein Frauenheld, aber die Sache hatte auch bei ihm einen Haken: Die meisten nahmen Reißaus, wenn er damit herausrückte, dass er noch bei seiner Mutter wohnte. Da konnte er einen auf Verführer machen, soviel er wollte. Spätestens, wenn die Frauen zum ersten Mal sein Zuhause sehen wollten, war es vorbei.

»Warte … Irgendwas stimmt hier nicht. Verdammt, Mann, jetzt rück endlich raus mit der Sprache!«

Ich beschloss, dass ich ihn lange genug hatte leiden lassen.

»Ronald Jeffrey Bates, ich hab mich verliebt.«

Mein Kumpel stöhnte und vergrub erneut sein Gesicht in den Händen.

»… und sie weiß es auch.«

Jetzt blinzelte er zwischen den Fingern hervor. Und dann erzählte ich ihm alles von Louise und mir.

»Fuck, Baker! Du hast … das ist … wow! Gratuliere, Mann!« Dann drehte er sich um. »Mom, bring uns zwei Bier, wir haben was zu feiern.«

Mrs Bates lud mich dann sogar zum Essen ein, was ich aber dankend ablehnte, denn ich wollte noch zu Louise. Und das konnte ich am allerwenigsten erwarten. Ich saß die ganze Zeit quasi wie auf Nadeln, auch wenn ich froh war, dass es meinem Kumpel wieder besser ging.

Ich fuhr nur kurz nach Hause, um zu duschen und Hank zu holen. Die beiden hatten sich gestern prima verstanden, und ich war mir sicher, Louise würde sich freuen, meinen dicken Fellklops wiederzusehen.

Während Hank sein Fressen aus dem Napf schlabberte und ich mit einem Handtuch unter dem Arm gerade auf dem Weg ins Bad war, klingelte mein Telefon. Seufzend drehte ich um und ging ran.

»Hallo, spreche ich mit Noah Baker?« Eine Frauenstimme.

»Ja …« Mein Herz begann zu rasen, und etwas sagte mir, dass das hier keine Meinungsumfrage zu Chipstüten sein würde.

»Tut mir leid, dass ich so spät noch anrufe. Miranda Rockefeller, Head of Import Department, von *New Eden, Food and Beverage Import & Export*, New York. Sie haben sich vor einigen Monaten bei uns beworben – und wir hatten Ihnen leider eine Absage geschickt. Nun hat sich bei uns im Team jedoch einiges geändert, und ich wollte fragen, ob Sie noch Interesse an der Stelle des Junior Import Managers bei uns haben.«

Tausend Gedanken fetzten durch meinen Kopf. Vor einer Woche hätte ich ohne Zögern Ja gesagt. Ich hätte so schnell wie möglich meine Zelte hier abgebrochen und diese Chance genutzt, ohne zu wissen, wohin mich dieses Abenteuer bringen würde. Aber jetzt sah ich nur Louise vor mir …

»Danke, Noah. Jetzt finde ich auch im Dunkeln zur Tür.«

Louise schlang ihre Arme um meinen Nacken und küsste mich leidenschaftlich. Ihr Duft war herrlich, ich mochte diesen leichten Geruch nach Pfirsich …

Ohne unseren Kuss zu unterbrechen, drängte sie mich zurück ins Haus und stieß die Tür mit dem Fuß zu.

»Bitte. Was nicht heißen soll, dass du alleine in der Nacht herumstreunern sollst«, antwortete ich, als sie meine Lippen freigab und sanft an meinem Hals saugte und knabberte.

»Solange du bei mir bist, habe ich keine Angst. Und ich wüsste nicht, was ich alleine da draußen machen sollte. Ich will nur bei dir sein.«

Sie zog mein T-Shirt nach oben. Ich half ihr, es mir über den Kopf zu zerren, während ich im Rückwärtsgang auf ihr Schlafzimmer zusteuerte.

Schlechtes Gewissen regte sich in mir. Es war falsch, jetzt mit ihr zu schlafen. Gerade nach diesem Telefonat von heute Abend …

»Alles okay? Du wirkst, als würde dich etwas beschäftigen.« Louise sah mich fragend an. Ihre Hände lagen auf meinem Gürtel, den sie bereits halb geöffnet hatte.

»Alles bestens. Ich hatte nur einen … anstrengenden Tag.« Ich lächelte verkrampft und küsste sie erneut.

»Na, wenn das so ist …« Sie stieß mit einer Hand gegen meine Brust. Im Reflex wollte ich einen Schritt zurückmachen, spürte aber bereits das Bett an meinen Waden. Also ließ ich mich darauf niedersinken.

»Dann sorge ich mal für deine Entspannung.« Sie sah mich frech an, beugte sich über mich und zerrte an den Knöpfen meiner Jeans. Als ich mich aufrichten wollte, um ihre Bluse zu öffnen, drückte sie mich zurück in die Matratze.

Tadelnd schüttelte sie den Kopf und lächelte verführerisch.

»Entspann dich, Noah.«

Dann zog sie meine Jeans nach unten, die Boxershorts gleich mit. Und als sie an meinem harten Schwanz zu saugen begann, vergaß ich zumindest für eine Weile alles, was mir im Kopf herumgeisterte …

Sieben – Louise

Clara Fontaine, die seit gestern meine neue Chefin war, saß bereits an ihrem Schreibtisch, als ich das Büro betrat. »Guten Morgen, Clara! Möchtest du auch einen Kaffee?«

Sie schaute auf und lächelte. »Gerne. Und dann komm mit deinem Bericht bitte zu mir. Ich möchte dir zeigen, was genau in den nächsten Monaten deine Aufgabe sein wird.«

Darauf war ich mehr als gespannt, denn ich wusste immer noch nicht, was ich in Greenwater Hill im Einzelnen zu tun hatte.

Bei meinem Einstellungsgespräch war nur die Rede von einem *Urbanisationsproblem* gewesen, das die Stadt durch meine Hilfe wieder in den Griff bekommen wollte. Ich war einfach nur froh gewesen, als ich von Clara relativ schnell eine Zusage bekommen hatte. Die Freude darüber hatte das Interesse an meiner genauen Aufgabe zumindest für kurze Zeit nebensächlich werden lassen.

Ich hatte immerhin fast ein Jahr nach einem angemessenen Job gesucht und übergangsmäßig in einem Supermarkt Regale eingeräumt – definitiv nicht die Erfüllung meines Lebenstraums und so weit weg von dem, was ich in meinem Studium gelernt hatte, wie Washington von Madagaskar.

Der gestrige Tag hatte hauptsächlich darin bestanden, das Team kennenzulernen. Mir gefiel, dass sich alle beim Vornamen nannten. Es machte das Arbeiten familiärer. Abgesehen davon, dass es mir bestimmt schwergefallen wäre, bei der höflichen Anrede zu bleiben, denn alle hier waren total nett und die meisten Angestellten waren nicht älter als dreißig.

Im Anschluss war Clara mit mir durch die Stadt gefahren und hatte mir alles gezeigt, was Greenwater Hill zu bieten hatte. Dass sie als Bürgermeisterin das persönlich machte und es nicht an einen Mitarbeiter übertragen hatte, zeigte mir, wie wichtig ihr das war, wobei ich mitwirken sollte.

»Ich will, dass du weißt, wie dein Projekt aussieht«, hatte sie erklärt.

»Projekt?«

»Ja. Mehr dazu morgen. Schau dir heute völlig unvoreingenommen Greenwater Hill an und bewerte es mit deinem Wissen. Und ich möchte bitte, dass du bis morgen einen Bericht verfasst, warum du denkst, dass unsere Stadt für junge Leute nicht mehr attraktiv genug ist, um nach der Highschool hierzubleiben beziehungsweise nach dem College zurückzukehren. Und warum Greenwater Hill im Allgemeinen für Zuwanderer nicht attraktiv ist.«

Ich hatte genickt und mir Notizen gemacht.

»Dein Kaffee mit zwei Stück Zucker und etwas Milch.« Ich stellte Clara den Kaffee auf den Besprechungstisch in ihrem Büro.

»Prima, dass du dir das gemerkt hast. Bitte, nimm Platz.« Clara setzte sich mir gegenüber. Sie war vermutlich noch nicht einmal Anfang dreißig – vielleicht nur ein wenig älter als ich mit meinen dreiundzwanzig Jahren –, und ich bewunderte sie für ihre Kraft und ihren Mut, eine ganze Stadt zu verwalten.

»Ich bin zwar schon sehr neugierig auf deinen Bericht, Louise, aber zuerst will ich dir die aktuelle Lage der Stadt erklären.«

Ich nickte, das Klemmbrett mit meiner Analyse in meinen Händen, und lehnte mich abwartend zurück.

Clara holte tief Luft, umschloss die Kaffeetasse mit beiden Händen und bemühte sich um ein Lächeln. »Vor wenigen Wochen erhielt ich einen Anruf des Gouverneurs von Washington. Er hat mir quasi die Pistole auf die Brust gesetzt: Wenn ich es innerhalb eines Jahres nicht schaffe, die Stadtentwicklung anzukurbeln und den Zuzug wieder zu erhöhen, werde ich meines Amtes enthoben und Greenwater Hill wird in die Obhut von Lance Swanson fallen. Swanson ist Bürgermeister unseres nächstgrößeren Nachbarortes Carlington, und der Kerl ist … sagen wir mal, mit Vorsicht zu genießen.«

Überrascht sah ich Clara an. Sie hatte die Schultern gestrafft, und zum ersten Mal fielen mir ihre Augenringe auf. Vermutlich bekam sie durch diese Sorgen viel zu wenig Schlaf … Zumindest mir würde es so gehen.

»Was genau meinst du damit? Wie ist denn dieser Mister Swanson?«

Angewidert verzog Clara das Gesicht. »Fürs Erste genügt es, wenn du weißt, dass du dich am besten von ihm fernhältst.«

Perplex hob ich meine Brauen.

»Glaub mir, das ist zu deinem Besten«, versicherte sie mir.

»Okay«, antwortete ich leise und trank einen großen Schluck Kaffee. Sicher würde ich dazu in Zukunft noch etwas mehr herausfinden.

Diese Neuigkeiten überforderten mich im ersten Moment. In meinem Kopf ratterten Tausende Fragen. Vor allem die Tatsache, dass ein Versagen meinerseits nicht nur das Aus für Greenwater Hill, Clara und das gesamte Team bedeuten, sondern auch meiner gerade erst begonnenen Karriere als Advisor für Wirtschafts-förderung ein jähes Ende bereiten könnte, blinkte wie eine Leuchtreklame vor meinem inneren Auge.

Clara lächelte mich an.

»Ich weiß, das ist etwas viel auf einmal. Vielleicht hätte ich es dir sogar beim Vorstellungsgespräch schon sagen sollen, wie es um die Stadt aussieht. Aber ich will jetzt ehrlich zu dir sein. Natürlich wollen wir alle unsere Stadt und unsere Jobs behalten. Und dafür brau-chen wir Hilfe … deine Hilfe, Louise. Ich bin über-zeugt, dass du dafür geeignet bist, uns mit deinen Ideen und deinem Talent aus dem Schlamassel zu ziehen. Deine Abschlussarbeit über Probleme und Chancen schrumpfender Städte hat mich sehr beeindruckt.«

Erstaunt sah ich meine Chefin an. »Du hast sie ge-lesen?«

»Aber natürlich. Immerhin will ich genau wissen, wer für mich arbeitet.«

Sprachlos nippte ich an meinem Kaffee. Also hatte es doch etwas Gutes gehabt, den Titel meiner Abschluss-arbeit mit in den Lebenslauf aufzunehmen.

Clara sah mich eine Weile an, während es immer noch in meinem Oberstübchen ratterte.

»Also, wenn du bereit bist, würde ich mir nun gerne anhören, welchen Eindruck du von Greenwater Hill hast.«

Sie lächelte mich an, und ich wurde leicht nervös. Jetzt war der Zeitpunkt gekommen, in dem ich das erste Mal beweisen musste, dass das, was auf meinem Abschlusszeugnis stand, auch stimmte: nämlich, dass ich mehr als gut war in dem, was ich studiert hatte.

Ich reichte Clara eine Kopie meines Berichts, räusperte mich kurz und begann dann mit meiner Analyse.

»Vorab: Ich bin zwar erst kurz hier, aber ich mag Greenwater Hill. Die vielen Wälder, die Seen, die umliegenden Hügel – die Ruhe und die Natur hier laden zum Entspannen und Abschalten ein. Interessant ist, dass in Greenwater Hill vor zehn Jahren noch fast fünftausend Menschen lebten. Seitdem ist, wie du ja weißt, die Einwohnerzahl stark gesunken. Die jungen Leute sind weggezogen, und inzwischen liegt bei ungefähr dreitausend Einwohnern der Anteil der über Fünfzigjährigen laut meiner Recherche bei weit über fünfzig Prozent. Was das für die nächsten Jahre bedeutet, brauche ich nicht zu erklären.«

Clara sah mich betreten an. »Greenwater Hill stirbt aus, so banal es klingt.« Sie seufzte.

»Genau. Deshalb muss der Ort wieder attraktiver werden, damit Leute hierherziehen oder gar nicht erst weggehen. Wir brauchen Gründe, die die Menschen dazu bringen, Greenwater Hill zu ihrem Heimatort machen zu wollen. Und das sind sicher nicht Jobs in Altenheimen.«

Ich hob eine Augenbraue, um die Ironie dieser Aussage zu unterstreichen.

»Clara, was ich vermisse, sind Knotenpunkte, die Menschen anziehen. Treffpunkte für junge und auch ältere Leute, Orte, die verbinden.« Ich machte eine dramatische Pause und trank von meinem Kaffee, der schon etwas kalt geworden war.

»Die Pizzeria zum Beispiel macht von außen auf mich keinen guten Eindruck, obwohl die Pizzen nicht schlecht schmecken …« Ich dachte wieder an den Pizzaboten, der Noah und mich beim Küssen erwischt und diese Tatsache brühwarm meiner Nachbarin Maya erzählt hatte. Dass das absolut indiskret gewesen war und dies der Pizzeria schaden könnte, wenn so etwas häufiger geschah, ließ ich mal außen vor.

Clara nickte. »Und unser zweites Restaurant hat vor etwas über einem Jahr dichtgemacht«, beendete sie meine Gedanken zu dem Thema.

»Was schade ist, denn die Leute wollen sich irgendwo treffen, gemütlich beisammensitzen, essen, was trinken, reden und so weiter. Egal, ob jung oder alt. Es gibt weder einen Jugendtreff noch ein Café hier. Dabei habe ich gesehen, dass das Geschäftsgebäude neben der Bäckerei ebenfalls leer steht. Würde sich da nicht etwas machen lassen? Wie sieht es denn eigentlich mit den Finanzen von Greenwater Hill aus?«, fragte ich dann, bevor ich meinen Ideen weiter freien Lauf ließ.

Clara war aufgestanden und ans Fenster getreten. Jetzt drehte sie sich zu mir um und sah mich nachdenklich an.

»Weißt du, mein Vorgänger im Amt, Charles Tenner, war besessen von der Vorstellung, sich selbst ein Denkmal zu setzen, indem er eine zweite, neue Brücke über den Columbia River bauen ließ. Der Bau hat in den Finanzhaushalt der Stadt ein riesiges Loch gerissen.

Inzwischen ist die Tenner-Brücke zwar fast fertigge-stellt, doch der alte Tenner hat nichts mehr davon. Er ist Ende letzten Jahres bei einem Verkehrsunfall ums Leben gekommen.«

Betroffen sah ich meine Chefin an. »Und dann hast du seinen Platz eingenommen«, schlussfolgerte ich. »Ich finde das bemerkenswert. Ich bin mir sicher, die Leute hier in Greenwater Hill schätzen dich und deine Arbeit sehr.«

Ein warmes Lächeln tauchte auf ihrem Gesicht auf. »Das hoffe ich zumindest. Auf jeden Fall noch, solange ich für Greenwater Hill das Amt der Bürgermeisterin ausüben darf. Wenn ich unsere Stadt verliere, werden sie mich vermutlich mit Fackeln und Heugabeln aus dem Ort jagen.« Sie lachte auf, doch ich konnte den Schmerz in ihrer Mimik deutlich erkennen.

»Das werde ich nicht zulassen, Clara. Wir finden gemeinsam eine Möglichkeit, die Stadt vor Swanson zu retten. Und wenn es das Letzte ist, was ich in meinem Leben tue.«

Okay, ich war vielleicht etwas zu melodramatisch, und das wusste Clara bestimmt auch, aber mein Kampfgeist steckte sie an, und so beugten wir uns wieder über meinen Bericht und arbeiteten ihn weiter durch.

Ich teilte ihr meine Gedanken zu einem Out-door-Park mit, in dem man klettern und sich Moun-tainbikes ausleihen konnte. Die Landschaft hier bot sich dafür geradezu an. Das alte Hotel auf der anderen Seite des Columbia River bräuchte einen neuen An-strich, und vielleicht könnte man es in ein Spa-Hotel umwandeln, das die Leute zum Erholen nach Green-water Hill locken könnte. Damit würden auch viele neue Arbeitsplätze entstehen, was wiederum die Zuwanderung steigern würde.

Nachdem wir eine Stunde konzentriert über meine Ideen gesprochen hatten, gab mir Clara eine Liste mit Vorschlägen. *HWL Investments* stand in goldenen, geschwungenen Lettern am Briefkopf. Von diesem Unternehmen hatte ich noch nie gehört.

»Hugh Ward, der Freund meiner Schwester, lebt in London und hat dort in den letzten fünf Jahren eine beeindruckende Investmentfirma hochgezogen. Er hat von der brisanten Lage in Greenwater Hill erfahren und seine Hilfe angeboten.«

Ich überflog seine stichpunktartigen Vorschläge, von denen ich einige sehr gut fand, andere schwer umsetzbar. Aber insgesamt klang es nach einem soliden Plan, und einige der Punkte deckten sich mit denen, die ich mir bereits überlegt hatte.

»Ich bin vielleicht geschickt darin, eine Stadt zu verwalten. Aber mir fehlten einfach die Ideen, wie man mit wenig Geld die Leute zum Bleiben überzeugen könnte. Greenwater Hill ist eine kleine Stadt, die seit Jahren darunter leidet, dass die jungen Leute nach dem College nicht mehr hierher zurückkommen. Und wir sind auch nicht attraktiv genug für Leute von außerhalb. Aber das wollen wir ja ändern.«

Sie seufzte und strich eine Haarsträhne in ihren festen, blonden Knoten zurück.

Ich sah mich in ihrem Büro um.

»Wir machen eine Mindmap.« Ich zeigte zur Pinnwand hin, die außer einem Stadtplan und der Karte der Pizzeria leer war, und eilte nach draußen zu meinem Schreibtisch. Mit Papier und dicken Filzstiften kam ich zurück.

Clara nahm die Karten von der Wand, während ich auf den ersten Zettel »Greenwater Hill retten« schrieb. Den pinnte ich in die Mitte und schnitt dann einen Stapel Zettel in der Mitte entzwei.

»Dann lass uns mal die bereits vorhandenen Punkte aufschreiben und weiter brainstormen. Was wir dabei völlig außer Acht lassen, sind die finanziellen Kosten. Wir wollen unsere Kreativität durch nichts bremsen lassen.«

Clara runzelte die Stirn, nickte aber.

Dann begann ich, erste Einfälle zu notieren, während sich Clara die Liste von Hugh Ward vornahm.

»Bäckerei in ein Café umwandeln«, »Sportplatz erneuern« und »Parkanlage sanieren« schrieb ich auf die ersten Blätter, die ich an die Wand pinnte, und gemeinsam mit Claras Zetteln wurden es nach und nach immer mehr Ideen.

»Weißt du, was wir noch machen könnten?«, fragte ich, als mir nach einer Stunde die Ideen auszugehen schienen, aber meine Motivation noch lange nicht am Ende war.

»Eine Pause?«, erklärte Clara und brachte mich damit zum Lachen.

»Das auch, ja. Aber was hältst du davon, wenn wir in der Stadtzeitung eine Ausschreibung machen? Wir rufen die Einwohner von Greenwater Hill dazu auf, alle ihre Ideen einzuschicken, was ihrer Meinung nach die Stadt attraktiver machen könnte, was sie sich für ihre Stadt wünschen.«

»Wir könnten dann ja den Stadtpark nach dem Gewinner benennen«, sponn Clara den Faden weiter.

»Klingt nicht übel. Das wäre bestimmt ein Ansporn für die Leute hier, an der Ausschreibung mitzumachen.

So erfahren wir aus erster Hand, was den Einwohnern fehlt, was sie – besonders die jungen Leute – veranlassen würde, hier zu bleiben, außer ein ordentlicher Job natürlich.«

Clara stimmte mir zu. Dann griff sie nach unseren Tassen. »Komm, wir haben uns eine Verschnaufpause verdient.« Sie lächelte mich an, und ich folgte ihr zum Aufenthaltsraum, in dem das Herzstück des Gebäudes stand: die Kaffeemaschine.

»Hast du dich schon eingelebt, Louise? Ist jetzt vielleicht eine blöde Frage, immerhin bist du erst seit dem Wochenende hier, aber … hast du denn außer uns hier schon jemanden kennengelernt?« Clara setzte sich auf einen der Stühle und rührte ihren Kaffee um.

»Ja, ich habe eine total liebe Nachbarin.« Ich erzählte ihr von Maya, ließ aber bei der Erzählung aus, dass sie mich für meine erste Nacht mit Noah mit Kondomen versorgt hatte.

»Und ich habe noch jemanden kennengelernt, aber … er wohnt nicht in Greenwater Hill, sondern in Carlington.«

»Er?« Clara lächelte mich abwartend an.

Ich mochte sie, und deshalb hatte ich auch kein Problem damit, ihr von meinem Traummann zu berichten.

»Ja. Noah ist quasi mein Möbelpacker.« Mit einem warmen Gefühl im Herzen beim Gedanken an ihn erzählte ich dann kurz von unserer Begegnung am letzten Freitag. »Seitdem haben wir uns jeden Tag gesehen. Das ist echt verrückt, aber irgendwie fühlt es sich so an, als würden wir uns schon ewig kennen.«

»Vielleicht wart ihr ja in einem vorherigen Leben bereits zusammen«, meinte Clara und zwinkerte mir bedeutungsvoll zu.

»Denkst du wirklich?«

»Ausschließen würde ich gar nichts. Ist doch schön, wenn du hier deinen Seelenverwandten gefunden hast – selbst wenn er aus Carlington ist.«

»Ja …« Die Vorstellung gefiel mir. Obwohl ich das Gefühl hatte, als wäre ich in einem Traum. Vielleicht lag es daran, weil es so perfekt wirkte. Manchmal war ich mir gar nicht sicher, dass mir das tatsächlich passierte, so schön war es mit Noah. Womöglich wollte ich mich nur vor einer herben Enttäuschung schützen, doch andererseits wusste ich nicht, was unserem Glück im Weg stehen könnte …

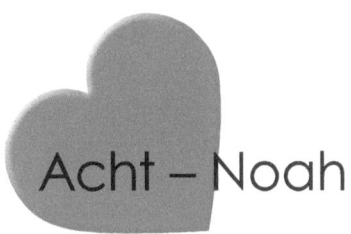

Acht – Noah

Den ganzen Tag über hatte ich mich mit dem Gedanken gequält, wie sich eine einzige Entscheidung auf den Rest meines Lebens auswirken würde. Wenigstens hatte ich heute wieder einen anstrengenden Tag gehabt – wir mussten einem Unternehmen mit rund hundertfünfzig Büroangestellten beim Umzug helfen, was bedeutete, unzählige Kisten mit Ordnern und große Büroschränke zu transportieren. So war ich nicht Gefahr gelaufen, mich in meinen Grübeleien zu verlieren.

Jedoch hatten mich Mike – mein Ron-Ersatz bis zu seiner Rückkehr – und ein paar andere meiner Kollegen nach Dienstschluss überredet, mit ihnen noch in der »Monkey Bar« etwas trinken zu gehen. Nachdem Louise mir am Nachmittag eine Nachricht geschickt hatte, es würde bei ihr spät werden und wir uns wahrscheinlich heute nicht sehen könnten, hatte ich spontan zugesagt.

Freilich hätte ich gerne jede einzelne Sekunde mit ihr verbracht, aber andererseits wusste ich nicht, wie lange meine Masche mit »Es war ein anstrengender Tag« noch ziehen würde. Irgendwann würde sie mich vielleicht durchschauen und herausfinden, was der tatsächliche Grund für meine gedämpfte Stimmung war. Und was sollte ich ihr dann sagen?

Ich wusste zwar, dass ich den Termin nicht mehr lange vor ihr würde geheim halten können, doch andererseits wollte ich mir gar nicht ausmalen, wie sie darauf reagieren könnte. Vielleicht würde sie mich auch noch dazu ermutigen, den Job anzunehmen!

»Hey, Baker, alles klar bei dir?« Mike stieß mich in die Seite. Er war ein guter Kerl, Anfang vierzig, verheiratet und war vor zwei Monaten zum dritten Mal Vater geworden.

»Ja, ja«, murmelte ich und trank von meinem Bier.

»Es liegt doch nicht an mir, oder?« Er hatte sich zu mir gelehnt und sprach so leise, dass die Kollegen unsere Unterhaltung nicht hören konnten.

»Wie bitte?« Irritiert sah ich ihn an.

»Na, du warst früher immer ganz anders. Aber seit Ron ausgefallen ist und du mit mir zusammenarbeitest …« Er sah mich mit gerunzelter Stirn an. »Du weißt, mir ist es lieber, du sagst mir klar ins Gesicht, was dich an mir stört, als dass du erst tagelang den Frust mit dir herumschleppst und dann zu MacTowell rennst.«

Ich drehte mich ihm zu und legte eine Hand auf seine Schulter. »Nein, Mann. Mach dir mal keine Sorgen, es hat nichts mit dir oder der Arbeit zu tun. Da ist nur …« Ich überlegte, wie ich es am besten ausdrücken konnte, ohne zu viel zu verraten. »… eine Frau.«

Mike lachte. »Es sind doch immer die Frauen …« Er trank einen Schluck und wischte sich den Mund mit dem Ärmel ab. »Entweder du liebst sie und leidest, oder du bleibst alleine. Beides ist beschissen, glaub mir. Und wenn du dich doch irgendwann für eine Frau entscheidest, will sie heiraten und Kinder. Vielleicht willst du es anfangs nicht wahrhaben, aber dann fängt der Scheiß erst so richtig an. Auch wenn ich meine vier Mädels über alles liebe – manchmal stelle ich mir vor, wie es wäre, wenn ich meiner Frau damals keinen Antrag gemacht hätte.«

Nachdenklich sah ich ihn an. Die Wahl, alleine zu bleiben oder sich für eine Beziehung zu entscheiden, hatte wohl jeder von uns irgendwann zu treffen, wenn auch die Ausgangssituation bei jedem anders war.

Mike klopfte mir beschwichtigend auf den Oberarm. »Du machst das schon, Baker.« Dann wandte er sich wieder von mir ab.

Seufzend verfiel ich wieder ins Grübeln. Ich hatte niemandem von dem Telefonat erzählt. Auch wenn es bei *MacTowell's* momentan an Personal mangelte, war ich nicht scharf darauf, dass es jemand dem Chef erzählte und dieser mich womöglich entließ, weil er dachte, ich wäre dem Umzugsunternehmen gegenüber nicht loyal. Solange ich keine Entscheidung getroffen und keine Zusage hatte, ließ ich meine Freunde und Kollegen besser im Glauben, ich würde für ein paar Tage zu meinen Eltern fahren, um ihnen dabei zu helfen, neue Möbel in ihr Haus zu tragen und aufzustellen. Was schlichtweg erfunden war, aber keiner konnte es mir nachweisen …

Je länger ich in dieser Bar saß und je mehr ich trank, in der Hoffnung, meine Sorgen würden wie Alkohol verdampfen, umso miserabler fühlte ich mich.

Louise hatte mir gegen zehn Uhr eine Nachricht geschickt, dass sie nun daheim sei, und ich Feigling konnte ihr nicht einmal antworten. Zu groß war meine Befürchtung, sie würde mich fragen, ob ich noch zu ihr kommen würde – in meinem mittlerweile alkoholisierten Zustand ausgeschlossen, da ich niemanden mehr hatte, der mich zu ihr fahren würde. Zu meinem Glück waren es vielleicht zwanzig Minuten von der Bar zu Fuß zu mir nach Hause, und ich wusste außerdem, dass Mrs Goldbutter Hank wie immer zu sich geholt hatte, da mein Wagen noch nicht in der Einfahrt gestanden hatte, als es dunkel geworden war.

»Eine Margherita«, hörte ich, wie neben mir eine Frau bestellte. Ich blinzelte sie mit meinem besoffenen Blick an und ärgerte mich einmal mehr über mich, dass ich nicht auch gegangen war, als meine Kollegen sich verabschiedet hatten.

Die Frau neben mir war hübsch, vielleicht gerade mal dreißig, aber ich wusste auch, dass ich in meinem Zustand meinen Augen nicht mehr trauen konnte. Sie hatte blonde Haare, genau wie Louise … doch sie war bei Weitem nicht so schön. Außerdem war ich mir sicher, sie würde nicht so herrlich nach Pfirsich duften … Zudem trug sie ein elegantes Kostüm, mit dem sie in dieser Bar auffiel wie ein bunter Hund.

Von irgendwoher kam sie mir bekannt vor, aber ich kam nicht darauf. Vielleicht hatte ich sie schon einmal gesehen? Aber wenn, dann nur in Jeans und Bluse, wie die meisten Frauen hier, die maximal einen Jeansrock trugen, aber sicher nicht diesen Businesslook.

»Sie sollten besser nicht hierbleiben«, raunte ich ihr zu, als sie ihr Getränk entgegennahm. »Außer Sie wollen heute Nacht nicht alleine nach Hause fahren.«

Sie wandte sich mir zu, und ich war mir sicher, würde ich mich in nüchternem Zustand sehen, würde ich mich genau in dieser Sekunde ohrfeigen.

»Ich fahre *immer* alleine nach Hause.« Sie lächelte mich an, und ihr Blick ließ keinen Zweifel zu. »Und Sie sollten das auch tun …« Sie musterte mich von oben bis unten.

»Keine Sorge, ich baggere Sie nicht an. Mein Herz gehört Louise.« Genau, so war das!

»Louise?« Sie sah mich mit seltsamem Blick an, oder aber meine Augen spielten mir einen Streich …

»Louiiise.« Ich zog ihren Namen in die Länge und grinste noch breiter. Gott, ich liebte diese Frau. Ich war mir absolut sicher. Und das seit nicht einmal einer Woche!

»Die schönste Frau, die mir je begegnet ist – nichts gegen Sie.« Beschwichtigend hob ich beide Hände, doch sie winkte nur ab. »Sie stand plötzlich vor mir, und sofort hat es *Peng* gemacht. Hier drinnen.« Ich klopfte mir auf die Brust.

Als der Barmann ihr die Margherita servierte, setzte sich die Frau neben mich auf den freien Barhocker und schlug die Beine übereinander. Sie hatte wohl entschieden, meinem Geschwafel noch länger zuzuhören.

»Glauben Sie an die Liebe auf den ersten Blick?«, fragte ich sie.

»Aber natürlich. Sie nicht?«

Angestrengt überlegte ich. »Seit Louiiise schon. Aber das Leben ist ein Scheißkerl. Es verarscht mich von vorne bis hinten.«

»Wie meinen Sie das?«

Mir war noch immer nicht eingefallen, woher sie mir bekannt vorkam. Vielleicht sah sie auch einfach nur jemandem ähnlich … einer Schauspielerin vielleicht?

Und dann erzählte ich ihr – dieser mir völlig Fremden – von dem Angebot aus New York. Morgen würde ich meine Redseligkeit vermutlich bereuen, doch ich hatte beschlossen, dass mir der Alkohol zu sehr in den Kopf gestiegen war und ich mir nur einbildete, diese Frau zu kennen. Ich war mir inzwischen tausendprozentig sicher, sie mit einer Ärztin aus *Grey's Anatomy* verwechselt zu haben …

Ich verdammtes feiges Schwein erzählte Louise am nächsten Tag dieselbe lächerliche Ausrede, die ich meinen Kollegen aufgetischt hatte. Lange hatte ich mit meinem dröhnenden Kopf darüber nachgedacht, ob es schlau wäre, ihr die Wahrheit zu sagen. Aber ich wollte mir erst in Ruhe dieses Import-Export-Unternehmen ansehen und vor allem das Vorstellungsgespräch hinter mich bringen. Würde das Unternehmen mir doch nicht zusagen oder ich eine Absage erhalten, würde sich das Thema sowieso erledigen, und die ganze Aufregung wäre umsonst gewesen. Und ich war mir absolut unsicher, was ich wollte – eine Zusage oder eine Absage.

Wir lagen auf ihrer Couch und sahen fern. Ich drückte sie fest an meine Brust und küsste sie auf den Scheitel. Sanft streichelte sie über meinen Kopf, hinter der ein Presslufthammer seine Arbeit verrichtete, während ich Arsch ihr mitten ins Gesicht log. Und sie war einfach nur umwerfend zu mir.

»Aber das ist doch völlig in Ordnung, wenn du für zwei Tage nach Kansas musst. Ist doch selbstverständlich, wenn deine Eltern deine Hilfe brauchen.« Sie sah mich mit ihren verständnisvollen, braunen Rehaugen an, und ich hätte mich am liebsten in ein tiefes Loch geworfen, um den beschissenen Gefühlen zu entfliehen, die tonnenschwer auf meine Brust drückten.

Trotzdem lächelte ich, wenn auch etwas verkrampft. »Danke.« Ich schloss die Lider, um ihrem unschuldigen Blick mit dieser Lüge nicht länger standhalten zu müssen.

Wenigstens hatte ich nicht auf voller Länge die Unwahrheit gesagt – meinen gestrigen Absacker in der Bar hatte ich ihr gebeichtet. Es war sowieso nicht zu übersehen, dass mir die letzte Nacht noch in den Knochen saß.

Louise sah das jedoch völlig locker. Ich hatte zumindest mit Sarkasmus gerechnet, doch der blieb aus.

»Oje, dir geht es immer noch nicht besser, oder?« Besorgt drehte sie sich auf den Bauch und stützte sich mit den Ellenbogen ab.

»Nicht wirklich.« Ich stöhnte auf – nicht nur, weil mein Kopf tatsächlich zu zerbersten drohte, sondern weil Louise einfach *zu* gut zu mir war. Ich hatte ihr Mitgefühl nicht verdient, im Gegenteil.

»Ich werde besser nach Hause fahren. Mit mir kannst du heute nicht mehr viel anfangen, und ich muss noch meine Tasche packen.«

Louise zog einen Schmollmund und drückte sich gegen mich. »Was mach ich denn dann die nächsten Tage?«, fragte sie, und Enttäuschung schwang in ihrer Stimme mit.

»Dich auf deine Arbeit konzentrieren und Greenwater Hill vor dem Untergang bewahren?« Ich zwinkerte ihr zu. »Und abends wird dir bestimmt deine Nachbarin Gesellschaft leisten, sollte dir langweilig sein.«

Sie seufzte tief. »Vielleicht hast du recht. Die Zeit wird bestimmt ganz schnell vergehen, und dann sehen wir uns wieder. Und am Wochenende unternehmen wir einfach was gemeinsam. Die neue Brücke wird eröffnet, und dazu gibt es ein großes Fest in Greenwater Hill.«

»Das klingt nett.« Ich beugte mich ein letztes Mal über Louise, um sie zu küssen. »Ich vermisse dich jetzt schon, aber ich werde dich trotzdem gleich verlassen müssen.«

»Schon okay. Ich nutze die Zeit, um meine letzten beiden Kisten auszuräumen.« Sie deutete in die Ecke ihres Wohnzimmers. »Melde dich einfach mal, wenn du bei deinen Eltern bist, damit ich weiß, dass du gut angekommen bist.«

Sie lächelte mich liebevoll an, und mir wurde schon wieder speiübel.

»Mach ich.« Ich nickte und sprang auf. Ich musste hier einfach raus. So schnell wie möglich …

New York war voller Leben. Hektik. Die Stadt pulsierte förmlich, war laut und riss mich mit all meinen Sinnen mit. Es fühlte sich nicht schlecht an, ein Teil davon zu sein.

Das Unternehmen war genau so, wie ich es erwartet hatte: groß, professionell – zumindest auf den ersten Blick – und es roch nach einer großen Herausforderung, die ich nur zu gerne angetreten hätte. Wäre da nicht Louise. Immer wieder musste ich an sie denken. Und was es für uns bedeuten würde. Vor dem Vorstellungsgespräch und noch mehr danach.

Dieser Job war alles, was ich je gewollt hatte. Der Grund, weshalb ich mich vor Jahren dazu entschlossen hatte, doch noch auf die Uni zu gehen.

Ich würde für ein großes Team verantwortlich sein und könnte all mein Wissen einbringen. Ich könnte mich weiterentwickeln und dabei Teil eines aufstrebenden Import-Export-Unternehmens in der Lebensmittelbranche sein. Ich musste mich kneifen, um zu realisieren, dass direkt vor meiner Nase tatsächlich mein Traum wahr wurde – oder wahr werden könnte.

Meine vielleicht neue Vorgesetzte Mrs Rockefeller und ich saßen, nachdem sie mich durch alle Räumlichkeiten geführt hatte, in ihrem Büro. Innerhalb kürzester Zeit waren wir auf einer Wellenlänge. Das, was sie von mir erwartete, deckte sich nahezu mit meinen Vorstellungen. Es war eine Führungsposition, was für mich Berufsanfänger ein wahrer Glücksgriff wäre. Das Gehalt stimmte, die Arbeitszeiten waren zwar hoch, aber flexibel, und ich hatte sogar schon in meinem ersten Jahr Anspruch auf eine Woche bezahlten Urlaub – eine absolute Seltenheit.

»Wann könnten Sie denn anfangen?«, fragte sie, nachdem wir uns fast eine Stunde unterhalten hatten.

»Heißt das … ich habe den Job?« Heute bereits eine Zusage zu bekommen, damit hatte ich nicht gerechnet.

Mrs Rockefeller lehnte sich in ihrem Stuhl zurück und lächelte mich an.

»Sie haben fundiertes Wissen, kennen sich mit Lebensmitteln aus und wissen, worauf es bei ihnen ankommt, was für uns sehr wichtig ist. Sie sind teamfähig, können anpacken und sind sich für keine Arbeit zu schade, wie ich an Ihrer derzeitigen Anstellung erkennen kann. Außerdem traue ich Ihnen zu, dass Sie meine Mädels und Jungs ohne Probleme im Griff haben könnten. Sie sind jemand, der eine starke Meinung hat und diese auch vertritt. Also ja, Sie haben den Job, wenn Sie ihn wollen, Mister Baker.«

Ich schluckte die Freude über die Zusage und das gleichzeitig aufsteigende schlechte Gewissen hinunter.
»Grundsätzlich könnte ich mit Anfang nächsten Monats beginnen. Aber ich habe noch keine Wohnung hier in New York.« Vielleicht konnte ich es ja noch ein wenig hinauszögern.

»Das wäre kein Problem. Mir gehört ein Ferienapartment, das momentan leer steht. Das könnte ich Ihnen vermieten, bis Sie etwas Eigenes gefunden haben.«

Ich spürte, wie mir heiß wurde. Das ging alles viel zu schnell.

»Danke für Ihr Angebot, Misses Rockefeller. Sie verstehen sicher, dass ich erst noch einmal darüber schlafen muss. Immerhin ist es eine wichtige Entscheidung, innerhalb so kurzer Zeit meine Zelte in Carlington abzubrechen.«

Außerdem müsste ich mir überlegen, was ich mit Hank machen sollte. Zumindest, bis ich etwas Eigenes hatte, konnte ich ihn nicht mit nach New York nehmen. Mrs Goldbutter würde sicher auf ihn aufpassen, aber was wäre danach? Die wöchentliche Arbeitszeit war höher als bei *MacTowell's* – wenn auch die körperliche Anstrengung wegfallen würde. Mein Dicker wäre bestimmt arm dran, so ganz alleine … Und er würde die Natur vermissen. Klar gab es hier Parks, aber er war die Stille auf dem Land gewohnt … Er liebte es, Hasen im Feld aufzuspüren und Eichhörnchen auf die Bäume zu jagen. Oder am Ufer entlang des Columbia Rivers zu baden.

»Natürlich, Mister Baker. Überdenken Sie alles noch einmal gründlich, ich erwarte nicht sofort eine Zusage. Aber ich würde mich freuen, bis zum Wochenende von Ihnen zu hören. Ich brauche schnell jemanden, der die Führung hier übernimmt.«

Ich nickte, während mein Herz viel zu fest gegen den Kehldeckel klopfte. Dann schüttelte ich ihre Hand, die sie mir lächelnd über den Tisch entgegenstreckte. Und als ich wenig später mit einem leicht schwindeligen Gefühl hinaus auf die Straße trat, sog mich deren Hektik sofort in sich auf.

Neun – Louise

Für Noahs Heimkehr hatte ich mir etwas ganz Besonderes einfallen lassen: Ich wollte für ihn kochen!

Vermutlich würde er mich auslachen, aber ich hatte mir die letzten Tage ganz viele Kochvideos im Internet angesehen und beschlossen, dass es nicht so schwer sein konnte, ein paar Zutaten zu vermischen und daraus etwas mindestens genauso Leckeres wie Noahs Sesam-Honig-Hühnchen zu zaubern.

Ich trug die Zutaten gerade ins Haus, als mir Maya zuwinkte.

»Hey, Frau Nachbarin. Brauchst du Hilfe?«

Ich nickte zu meinem geöffneten Kofferraum hin. »Wenn du noch eine Hand frei hast …«

»Sogar zwei.« Lachend hielt sie beide wie zum Beweis hoch und verschwand schon hinter meinem Ford.

Ich stellte die Tüten in der Küche ab und streckte meinen Rücken durch.

»Du hast dir ja viel vorgenommen für das Wochenende. Oder kochst du für das Brückenfest? Ich hab ja gehört, dass die Frauen vom Sportverein backen wollen. Stell dir vor, so viele Leckereien! Sharon ist auch dabei. Sie arbeitet in der Bäckerei und ist meiner Meinung nach die weltbeste Konditorin.«

Schmunzelnd nahm ich ihr die Tüte ab. »Nein, ich will für Noah kochen, wenn er heute Abend nach Hause kommt.«

Maya riss die Augen auf. »Das alles ist nur für dich und für ihn?«

»Ja. Und für dich – halte deinen Kühlschrank bereit, ich bin mir sicher, es bleibt viel zu viel über.«

Nun lachten wir beide.

»Kaffee?«, fragte ich, als ich den Schrank öffnete, in dem ich das Kaffeepulver aufbewahrte.

»Gerne. Freut mich übrigens, dass das zwischen dir und Noah nun tatsächlich was Ernstes zu werden scheint.« Sie zwinkerte.

»Was daraus wird, kann man, glaube ich, noch nicht wirklich sagen. Mich hat es einfach voll erwischt. Vielleicht liegt es an der ganzen Veränderung mit dem Umzug und dem neuen Job ... oder an der Natur und der gesunden, frischen Luft. Keine Ahnung.« Ich lächelte verträumt und fühlte, wie sich mein Herzschlag beschleunigte bei dem Gedanken daran, in wenigen Stunden Noah wieder in meine Arme schließen zu können. »Trotzdem, wir kennen uns kaum. Die letzten beiden Tage war er bei seinen Eltern, und er hat nur einmal angerufen. Dabei war er kurz angebunden und irgendwie ... seltsam.«

Ich schaltete die Kaffeemaschine ein und holte zwei Tassen aus dem Regal. Maya ließ sich auf einen der Stühle fallen und sah mir zu, wie ich den Einkauf ausräumte.

»Denkst du, dass ... da etwas dahintersteckt?«

»Nein ... ich ...«

Grübelnd hielt ich inne. Bisher hatte ich das Gefühl gehabt, es hätte ihn mindestens genauso erwischt wie mich. Wir waren einfach verrückt nacheinander, und sein Blick war ehrlich, klar und verliebt gewesen. Jedes Mal. So etwas konnte man nicht vortäuschen.

»Ach, ich weiß auch nicht. Er hatte bestimmt einfach nur viel zu tun bei seinen Eltern. Und heute sehen wir uns ja schon wieder.« Ich lächelte und legte die Tomaten in den Kühlschrank.

Maya musterte mich mit gerunzelter Stirn. Dann hoben sich ihre Mundwinkel, und die Sorgenfalten verschwanden.

»Es ist ja auch für uns nicht jeder Tag gleich. Und ich freue mich riesig für dich. Ich wäre auch so gerne mal wieder verliebt. Aber ich liebe ja immerhin meine Arbeit, und von den Kindern kommt so viel zurück.« Abwesend sah sie zum Fenster hinaus.

»Das klingt schön. Und du kannst den ganzen Tag spielen und singen …«

Sie lachte auf und stibitzte sich eine Weintraube aus der Tüte. »Ganz so ist es nicht, aber … ich könnte mir keine schönere Weise vorstellen, meinen Lebensunterhalt zu verdienen. Wie geht es dir eigentlich in deinem Job? Hast du dich schon zurechtgefunden? Weißt du, was in den nächsten Monaten auf dich zukommt? Dir gefällt die Arbeit doch, oder? Clara Fontaine ist so eine nette Frau, ich kann mir gut vorstellen, dass es toll ist, unter ihr zu arbeiten.«

Schmunzelnd stellte ich den Zucker in den Vorratsschrank. »Ja, das ist sie. Die Arbeit ist eine große Herausforderung, aber … ich lasse mich nicht so schnell unterkriegen«, antwortete ich auf ihre vielen Fragen.

Mehr wollte ich dazu nicht sagen. Ich wusste nicht, wie viel von dieser schwierigen Thematik um Greenwater Hill den Einwohnern bekannt war, und bevor ich das nicht mit Clara besprochen hatte, würde ich kein Sterbenswörtchen sagen.

»Das klingt doch hervorragend.«

Wieder sah sie mich freundlich an, und nichts deutete darauf hin, dass sie mehr wusste, als dass ich eine Stelle im Rathaus angetreten hatte.

»Also, falls ich dir beim Kochen behilflich sein kann, lass es mich wissen. Ich komme mir so nutzlos vor, wenn ich dir nur zusehe, wie du den Einkauf verstaust. Hast du vor, einen Nachtisch zu machen? Da könnte ich dir ja helfen. Meine Grandma hat mir gezeigt, wie man mit ein paar wenigen Zutaten einen echt leckeren Schokokuchen backen kann. Außer natürlich, dein Plan für das Dessert sieht anders aus.« Sie zwinkerte verschmitzt und goss uns heißen Kaffee in die Tassen.

»Zu einem Schokokuchen kann ich wirklich nicht Nein sagen. Also wenn du nichts anderes vorhast, wäre das echt eine tolle Hilfe. Ich muss ja schon zusehen, dass ich mit dem Kochen nicht überfordert bin.«

»Na, dann zeig mir mal, wo du Milch, Mehl, Eier, Butter und Schokolade hast.«

Im ganzen Haus duftete es herrlich nach Schokolade, und meine Putenrouladen im Speckmantel sahen tatsächlich so ansehnlich aus wie auf der Internetseite.

Maya hatte mir nach dem zweiten Kaffee und nachdem sie mir geholfen hatte, die Küche aufzuräumen, viel Glück gewünscht und sich wieder aus dem Staub gemacht. Seitdem saß ich am Küchenfenster, den Blick auf die Straße gerichtet, und wartete ungeduldig auf Noah.

Inzwischen brach die Dämmerung herein, und ich war kurz davor, das Licht anzumachen, um nicht völlig im Dunkeln zu sitzen, als Scheinwerfer den Asphalt erhellten. Noahs Jeep fuhr die Einfahrt herauf, und als der Motor verstummte, stieg er aus, gefolgt von Hank.

Sofort lief ich zur Tür, riss sie auf und fiel ihm um den Hals.

»Hey, wie schön, dass du wieder da bist.« Ich schob meine Hände unter sein T-Shirt und küsste ihn sehnsüchtig. Sein heißer Atem schmeckte nach Pfefferminz und einfach unglaublich gut. Nach Noah eben. Er musste, kurz bevor er losgefahren war, geduscht und sich umgezogen haben, denn er roch nach Duschgel und Weichspüler.

»Wir freuen uns auch, dich zu sehen.« Seine Stimme war rau und leise, während er sein Becken an mir rieb. Ich konnte durch die Jeans ganz deutlich seine Erektion fühlen, auch wenn Noah mit dem Kopf in Richtung Hank nickte.

»Hank, wie geht es dir?« Ich beugte mich zu dem Hund hinunter, der brav neben seinem Herrchen saß und wartete, bis wir mit der Begrüßung fertig waren. »Hat dich dein Herrchen mitgenommen, oder durftest du bei Misses Goldbutter bleiben?«

Hank kläffte einmal kurz auf, und ich musste lachen.

Noah fiel mit ein. »Misses Goldbutter hat ihn wieder verwöhnt.« Schmunzelnd klopfte er den Hals seines Hundes.

Dann kam er herein und schloss die Tür. Noah schnupperte und sah mich verwundert an.

»Hm, das duftet!«

»Du klingst so überrascht«, stellte ich ein klein wenig beleidigt fest. »Dachtest du, ich könnte nicht kochen?«

Dass meine bisherigen Kochkünste tatsächlich etwas begrenzt waren, musste Noah ja nicht wissen.

»Nein, so war das nicht gemeint.« Schmunzelnd stellte er sich hinter mich, legte die Arme um meine Taille und ging mit mir im Gleichschritt in die Küche. »Ich hab mich sehr über deine Einladung zum Essen gefreut. Hättest du nichts für mich gekocht, hätte ich mir eine Pizza kommen lassen und wäre vermutlich erst danach zu dir gefahren.«

»Du wolltest nicht mit mir Pizza essen?« Verwundert drehte ich mich halb zu ihm um.

»Doch, natürlich. Grundsätzlich schon. Aber die hier in Greenwater Hill werden bestimmt nicht berühmt mit ihren belegten Teigfladen.« Er schmunzelte und warf einen Blick zum Backofen hin, in dem die Rouladen noch vor sich hin brutzelten.

»Sie sind genau …« Ich warf einen Blick auf die Eieruhr, die just in dem Moment auf null sprang und laut klingelte. »… jetzt fertig.«

Nur ungern wand ich mich aus seiner Umarmung, aber mein Magen knurrte, und ich wollte nicht, dass das mit so viel Liebe zubereitete Essen verbrannte.

»Kann ich dir behilflich sein?«, fragte Noah, der sich an der Arbeitsfläche anlehnte und mir zusah, wie ich ein letztes Mal die grünen Bohnen im Topf umrührte und sie dann vom Herd nahm.

»Du kannst den Wein öffnen, wenn du willst.« Ich deutete mit dem Kopf zur Flasche, die ich bereits auf den Tisch gestellt hatte. »Und dann kannst du mir erzählen, wie es bei deinen Eltern war.« Ich lächelte ihn an und war außerordentlich gespannt, mehr über ihn und seine Familie zu erfahren.

Noah sah mich einen Augenblick unbeweglich an.

»Oh, der Flaschenöffner ist in der Lade links von dir«, fiel mir ein, doch Noah machte immer noch keine Anstalten, den Wein zu entkorken.

»Louise, ich muss dir etwas sagen …« Noah sagte es in einem völlig ernsten Tonfall, und sein Gesichtsausdruck ließ mir das Blut in den Adern gefrieren.

Ich hatte eben die Putenröllchen aus dem Backofen genommen und die Bratpfanne auf Korkplatten abgestellt. Meine Hände zitterten. Ich hatte richtig Angst, er könnte etwas Schlimmes sagen. Etwas, das mir das Herz brechen würde. Etwas, das diesen schönen Traum von uns beiden wie eine Seifenblase zerplatzen lassen könnte …

»Lass uns doch erst essen.« Verkrampft lächelte ich ihn an. Ich wollte mir dieses Dinner nicht verderben lassen. Zumindest für die nächsten zwanzig Minuten sollte noch alles so rosarot sein wie bisher. Wenn auch ein leichter grauer Schleier über uns hing.

Noah öffnete den Mund, wollte wohl etwas darauf erwidern. Doch dann besann er sich, kümmerte sich um den Wein und schenkte uns ein, während ich unsere Teller auf den Tisch stellte.

»Das riecht nicht nur gut, es sieht auch verdammt lecker aus.« Sein Lob freute mich, aber mein Lächeln war gequält.

»Jetzt muss es nur noch schmecken«, murmelte ich und sah Noah zu, wie er das Fleisch anstach und es anschnitt. Dann sah er sich die Schnittfläche an, drückte mit der Messerspitze dagegen und sah in die Roulade hinein.

»Salbei und Frischkäse?«, riet er.

Überrascht nickte ich und sah Noah zu, wie er den ersten Bissen in den Mund nahm.

»Ich bin schwer beeindruckt.«

Sein Blick ging mir durch und durch. Mein Herz hüpfte bei seinem Lob und wurde doch von der drückenden Stimmung wieder gebremst.

»Hör zu, ich ... kann dir das nicht länger verheimlichen, Louise ...«

Ich hielt mit der Gabel vor dem Mund inne. Langsam senkte ich meinen Arm wieder.

»Ich will, dass du weißt, dass ich nicht bei meinen Eltern war.«

Mit einem scheppernden Geräusch fiel mir die Gabel aus der Hand, während ein dicker Kloß in meinem Hals anschwoll.

»Nein, bitte, hör mir zu, bevor du falsche Schlüsse ziehst!« Noah war aufgesprungen, kam auf mich zu und zog mich in seine Arme. Ich wollte mich wehren, doch ich war wie gelähmt. Bilder von ihm mit einer anderen Frau tauchten plötzlich vor meinem inneren Auge auf, gegen die ich mich seit Mayas Bemerkung heute Nachmittag vehement gewehrt hatte. Doch nun waren sie da und schienen mich fast zu erdrücken.

»Ich war in New York«, erklärte er weiter.

Endlich wurde ich wieder Herr meiner Sinne und drückte mich von ihm weg. Doch Noah hielt mich eisern fest. »Bei einem Vorstellungsgespräch, Louise.«

Die Kraft, die ich eben noch verspürte, um Abstand zwischen uns zu bringen, löste sich auf wie Nebel im Wind. »Was ...?«, fragte ich verwirrt und sah ihm endlich in die Augen.

Er sah mich traurig an, was mich noch mehr durcheinanderbrachte.

»Es tut mir so leid, dass ich dir nicht von Beginn an die Wahrheit gesagt habe. Es ging alles so schnell. Am Montag erhielt ich den Anruf, und ich sollte noch diese Woche zu einem Gespräch zum *New Eden, Food and Beverage Import & Export* kommen. Weißt du, das ist der Wahnsinn – viel zu lange war ich auf der Suche nach genau so einem Job, und gerade jetzt, wo ich dich kennengelernt habe, meldet sich endlich jemand. Und das Verrückte ist … ich hab eine Zusage erhalten und könnte mit Monatsbeginn dort anfangen.«

Ich sog scharf die Luft ein. So viele Neuigkeiten waren zu viel auf einmal.

»Nur weiß ich nicht, ob ich ihn jetzt noch will«, sagte er dann leiser, und seine Schultern sackten nach vorne.

»Aber … wieso das denn? Wenn du schon so lange nach diesem Traumjob suchst, dann ist diese Zusage doch das Beste, das dir passieren konnte …«

Seine Mundwinkel hoben sich nach oben. »Du bist süß, Louise.« Sanft küsste er mich auf die Nasenspitze. »Aber wenn ich die Stelle annehme, wird das mit uns beiden zu einer schwierigen Sache.«

Ich schluckte gegen den Knoten im Hals an und nickte betreten. Damit hatte Noah natürlich recht. Er in New York, ich hier in Greenwater Hill, wir kannten uns noch gar nicht richtig …

»Aber … du *musst* die Stelle annehmen! Das ist *dein Traum*! Und ich will dir dabei nicht im Weg stehen …« Die letzten Worte sagte ich leise und mit zitternder Stimme.

»Ich … weiß nicht«, antwortete er bedrückt.

»Aber natürlich! Du darfst nicht wegen mir diese Entscheidung infrage stellen. Irgendwie … werden wir schon eine Lösung finden. Wir können uns halt nicht mehr allzu oft sehen, aber … das schaffen wir. So eine Fernbeziehung ist doch möglich, oder?«

Noah runzelte die Stirn. »Da gibt es so vieles, über das ich mir erst den Kopf zerbrechen muss. Ich meine, was soll ich mit Hank machen? Ich kann ihn unmöglich den ganzen Tag in New York in einer Wohnung eingesperrt lassen. Er ist es gewohnt, jeden Tag raus in den Wald zu gehen und dort zu toben. Und wenn er nur mit Misses Goldbutter im Garten war …«

Verzweifelt fuhr er sich durch die Haare und ließ sich seufzend auf seinen Stuhl fallen. »Tut mir leid, jetzt habe ich dir den Abend verdorben. Du hast dir so viel Mühe gemacht und für mich gekocht, und ich lasse die Bombe platzen und unser Essen wird kalt.«

Ich setzte mich auch wieder und glitt mit meinen Fingern zwischen seine. »Mach dir darüber keinen Kopf, Noah. Dass das Ganze nicht leicht für dich ist, ist doch verständlich. Mit so einer Wende hast du nicht gerechnet. Stell dir vor, wir wären uns nicht begegnet … dann würde dir die Entscheidung nur halb so schwer fallen.«

»Stimmt … aber das ändert nicht wirklich etwas.« Er zog seine Hand zurück und aß betrübt weiter.

»Was, wenn du Hank bei Misses Goldbutter lässt? Und ich kann ihn ja ab und zu dort besuchen. Bei ihr geht es ihm gut, das sagst du selber auch.«

Schweigend nickte Noah.

Er tat mir leid. Diese Entscheidungen zu treffen, war bestimmt nicht leicht für ihn.

»Du bist gar nicht sauer auf mich, weil ich dir nicht die Wahrheit gesagt habe.« Er sah mich leicht verwundert an.

Zögernd stocherte ich in dem Essen herum und stach ein Stück von der Polenta ab. »Na ja … Anfangs war ich natürlich schon etwas gekränkt. Aber ich verstehe auch deine Beweggründe. Ich hätte es vermutlich nicht anders gehandhabt wie du«, gab ich zu.

Noah nickte und wirkte erleichtert. Dann erzählte er mir, dass ihm Mrs Rockefeller, seine zukünftige Vorgesetzte, ihr Ferienapartment auf Zeit angeboten hätte. Es spräche eigentlich wirklich nichts dagegen, zuzusagen und gleich anzufangen.

Ich schob meinen halb vollen Teller von mir, stand auf und setzte mich auf seinen Schoß. »Hör zu, wir schaffen das, okay? Du gehst nach New York, wenn dort dein Traumjob ist. Auch, wenn es so nicht auf unserem gemeinsamen Regieplan stand.« Den es so eigentlich auch noch nicht gegeben hatte, denn wir hatten bisher noch nicht über eine gemeinsame Zukunft gesprochen. Es war schließlich auch noch alles sehr früh.

Noah nickte und vergrub sein Gesicht an meinem Hals. Ich presste mich an ihn. Denn immerhin wussten wir nicht, wie oft wir uns noch so nah sein konnten, bis wir für längere Zeit getrennt sein würden.

Heute sollte die Tenner-Brücke feierlich freigegeben werden. Clara hatte mir verraten, dass ein ganzes Team seit Wochen damit beschäftigt gewesen war, dieses Fest vorzubereiten. Die Feierlichkeit diente nicht nur dem Zweck, dem verunglückten Charles Tenner eine letzte

Ehre zu erweisen, sondern zielte auch darauf ab, die Presse und potenzielle neue Bürger auf Greenwater Hill aufmerksam zu machen.

Als ich mit Noah an diesem Samstag Hand in Hand auf das Gelände vor der Brücke zuschlenderte, hörten wir schon von Weitem Musik und den Lärm von vielen Besuchern hören. Hank trottete aufgeregt an der Leine neben uns her und hatte die Nase erhoben, die Ohren aufmerksam und neugierig gespitzt.

Auf einer Bühne neben der Brücke spielte eine waschechte Greenwater-Hill-Garagenband namens *The High* laute Rockmusik.

Zelte mit Bars waren aufgestellt worden, in denen sich im Laufe des Tages ein Großteil der Einwohner von Greenwater Hill und andere Besucher tummeln würden. Es duftete herrlich nach Gegrilltem, vermischt mit dem süßen Geruch frischer Zuckerwatte.

»Hier ist ja schon viel los«, stellte auch Noah fest und legte seinen Arm um meine Taille.

Ich schmiegte mich an ihn. Ich wollte diesen Tag mit ihm genießen. Dieses Wochenende würde das letzte für sehr lange Zeit sein, das wir hier gemeinsam verbringen konnten. Alleine der Gedanke daran ließ in mir das Gefühl vollkommener Ohnmacht aufsteigen und vermieste mir etwas meine Stimmung.

Bereits Mitte nächster Woche würde Noah wieder in New York sein.

Mrs Goldbutter war sehr traurig gewesen, als sie erfahren hatte, dass Noah von hier weggehen würde, aber auch froh, dass Hank zumindest vorerst bei ihr bleiben durfte. »Dann habe ich nicht so viel Angst, so ganz alleine am Ende dieser Straße«, hatte sie mit erstickter Stimme gemeint und den Kopf des Hundes gestreichelt, der ihn in ihren Schoß gelegt hatte, als wüsste er, was sie beide erwarten würde.

»Möchtest du was zu trinken?«, fragte Noah mit einem aufmunternden Lächeln. Ihm war wohl meine gedrückte Stimmung aufgefallen.

»Bitte.«

»Wartet hier auf mich.« Er drückte mir einen Kuss auf die Lippen und Hanks Leine in die Hand, ehe er sich an der Schlange anstellte.

»Na, was meinst du? Wird er uns fehlen?«, fragte ich den Hund, als ich mich zu ihm kniete. Alleine sein Blick sprach Bände, und ich musste tief seufzen. »Wir dürfen uns dadurch jetzt aber nicht die Stimmung verderben lassen, hörst du? Dieses Wochenende soll uns in schöner Erinnerung bleiben.«

Hank gab ein seltsam gurgelndes Geräusch von sich, als würde er sich geschlagen geben. Dann stupste er mich mit der Schnauze an, und ich streichelte seinen blonden Kopf.

»Das ist aber ein süßer Kerl«, hörte ich eine bekannte Stimme neben mir. Ich stand auf und sah in Claras strahlendes Lächeln.

»Das ist Hank, Noahs Hund. Mein Freund steht dort an, um uns Getränke zu besorgen.« Ich deutete auf die lange Schlange.

»Freut mich, dass ihr hier seid. Oh, ich sag's dir, das Fest wird ein voller Erfolg. Nicht nur, dass so viele Einwohner als freiwillige Helfer umsonst arbeiten, auch einige Presseleute sind hier, um über uns zu berichten.«

»Das sind tolle Neuigkeiten.«

»Ja!« Sie strahlte, wie ich sie in der kurzen Zeit in Greenwater Hill noch nie gesehen habe. »Jetzt muss ich aber leider auch schon wieder weiter. In zehn Minuten gebe ich dem Lokalfernsehen ein Interview. Wie sehe ich aus?« Clara fuhr sich durch ihre blonden Haare, die sie heute offen trug, und strich sich anschließend über ihr hübsches Kostüm.

»Absolut hinreißend.« Aufmunternd lächelte ich ihr zu und verabschiedete mich dann von ihr.

»Wer war die Frau?«, erkundigte sich Noah, als er kurz darauf bei mir ankam, zwei Getränkeflaschen in den Händen.

»Clara Fontaine, meine Chefin. Vielleicht sehe ich sie später noch einmal, dann stelle ich euch vor.«

Noah sah ihr mit seltsamem Blick hinterher. »Nicht nötig. Wir … kennen uns bereits.«

»Ja? Woher?«

»Das … ist eine lange Geschichte. Aber jetzt lass uns lieber ein wenig durch die Menge schlendern. Dort hinten soll es angeblich Schießbuden geben. Wenn du willst, schieße ich dir einen Teddybären«, lenkte er ab, und ich wagte nicht, nachzuhaken, um zu erfahren, woher er Clara kannte.

»Hey …«

Noah riss mich aus meinen Gedanken. Er stand ganz nah vor mir und umfasste mein Gesicht.

»Nicht. Keine schlechten Gedanken, okay? Ich weiß, es ist unser letztes Wochenende für so lange Zeit, aber wir haben doch auch besprochen, dass wir zusammenbleiben werden. Mein Umzug nach New York bedeutet nicht unsere Trennung. Wir werden jeden Tag telefonieren und skypen. Und sooft es geht, werden wir uns sehen, hörst du?«

Ich nickte mechanisch.

»Und … wegen deiner Chefin brauchst du dir keine Gedanken zu machen. Ich hatte nie was mit ihr, falls du diesen Schluss aus meiner Reaktion gezogen haben solltest. Du erinnerst dich, dass ich vor ein paar Tagen völlig betrunken in der *Monkey Bar* war? Ich dachte, sie wäre eine Fremde auf der Durchreise. Kurz habe ich sie sogar für eine Schauspielerin gehalten … Egal, auf jeden Fall habe ich ihr, glaube ich, von dem bevorstehenden Vorstellungsgespräch erzählt. Ich war so unsicher wegen uns, was aus uns werden könnte, was ich machen sollte, und sie war da, als ich jemanden zum Reden brauchte.«

Mein Herz zog sich zusammen bei der Vorstellung, dass er lieber mit jemand anderem hatte darüber reden wollen als mit mir. Trotzdem nickte ich tapfer und hoffte, er würde es mir nicht anmerken.

So gerne wollte ich etwas darauf erwidern, ihm sagen, dass es okay für mich war. Aber nachdem ich sowieso seit ein paar Tagen viel zu emotional und niedergeschlagen war, hielt ich es für besser, diesmal nichts zu sagen. Stattdessen streckte ich mich zu ihm hoch und küsste ihn versöhnlich.

Zehn – Noah

»Hi, ihr zwei Verliebten! Schön, dass ich euch hier treffe.« Die Stimme war mir nicht unbekannt und strotzte voller Lebensfreude.

So gern ich mich Louise noch länger gewidmet hätte, um ihre Sorgen wegzuküssen, war ich mir jedoch auch sicher, dass sich uns mit ihrer Nachbarin Maya genau die richtige Abwechslung näherte. Sie war ein kleiner Wirbelwind und hatte keine Gelegenheit ausgelassen, um zumindest über die Grundstücksgrenzen hinweg mit uns zu plaudern, wenn wir gerade zur gleichen Zeit vor dem Haus waren. Und da war ich mir nicht einmal sicher, ob das wirklich so zufällig passierte, wie sie tat.

Als sie auf uns zulief, sprangen ihre dunklen Locken genauso aufgeregt herum wie Hank, als wir vor einer halben Stunde aus dem Wagen gestiegen waren.

»Na? Habt ihr euch schon umgesehen? Dort hinten gibt es total leckere Früchtespieße …« Sie drehte sich um und zeigte auf die andere Seite des Geländes. »Oh, und dort könnt ihr grenzgeniale Burger kaufen.« Sie wirbelte herum und zeigte wieder in die gegenüberliegende Richtung. »Getränke habt ihr ja schon, wie ich sehe. Ach, Hank, das muss ja ein Abenteuer für dich sein. So viele Leute und so viele neue Gerüche.«

Die junge Frau beugte sich zu dem Hund hinab und streichelte seinen Kopf.

Hinter ihr tauchten in diesem Moment zwei Männer auf. Beide waren dunkelhaarige Kerle, deren Haltung und Körperbau auf regelmäßigen Sport hindeutete.

Den einen hatte ich noch nie gesehen. Er grinste belustigt und strich seine fast kinnlangen Haare lässig mit einer Hand nach hinten.

Den anderen jedoch erkannte ich als Polizisten von Greenwater Hill. Ich hatte ihn schon ein paarmal an der Stadtgrenze bei der Geschwindigkeitskontrolle gesehen. Heute war er jedoch in Zivilkleidung hier und wirkte gar nicht respekteinflößend, sondern eher ziemlich gefrustet.

»Maya, das nervt. Du hast gesagt, du willst mit uns auf das Fest, und wir sollen dir nicht davonlaufen. Das klappt aber nur, wenn *du* nicht ständig abhaust.«

»Entschuldige, Bruderherz, aber ich kann doch nicht einfach an meiner neuen Nachbarin vorbeigehen, ohne sie zu begrüßen. Das verstehst du doch, oder? Außerdem tust du gerade so, als würde ich absichtlich vor dir davonlaufen. Dabei ist es ja wohl eher so, dass ihr beiden viel zu langsam seid und einfach nicht genug darauf achtet, in meiner Nähe zu bleiben.«

Sie hatte die Hände in die Hüften gestützt und sah ihren Bruder vorwurfsvoll an, der nur genervt die Augen verdrehte, während der Kerl neben ihm laut lachte.

»Maya, wie sie leibt und lebt. Ted Cornerman«, stellte der sich nun vor und schüttelte uns die Hände.

»Ich bin Noah Baker, und das ist meine Freundin Louise Foley.«

»Und das ist mein Bruder Dean. Er ist Polizist und denkt, er muss nicht nur die Einwohner beschützen, sondern vor allem seine kleine Schwester. Mir könnte ja etwas Schlimmes zustoßen. Zum Beispiel könnte mich jemand ansprechen oder gar mit mir flirten wollen.« Die letzten beiden Worte zischte sie zwischen zusammengebissenen Zähnen hervor und blitzte ihren Bruder böse an. »Kein Wunder, dass ich immer noch Single bin bei diesem Anstandswauwau.« Maya verdrehte die Augen.

»Mich willst du ja nicht«, schaltete sich nun wieder Ted ein und legte lachend seinen Arm um Mayas Hüfte. Er drückte sie an sich und küsste sie auf die Stirn, was ihr jedoch nicht wirklich zu gefallen schien.

»Immerhin bist du *Ted*.« Sie sagte es, als wäre das etwas Schlechtes.

»Ja und?«

»Hallo? Du kennst mich noch aus der Zeit, als ich in die Windeln gemacht habe. Das mit uns beiden *kann* nicht funktionieren. Du bist wie ein Bruder für mich, kapier das endlich!«

Ted fuhr sich grinsend durch seine Haare, die ihm wieder vors Gesicht gefallen waren, während ihm Dean lachend in die Seite stieß.

»Tut mir leid«, entschuldigte sich Maya und deutete mit schiefem Blick zu den beiden Männern. »Die beiden gehen zwar schon auf die dreißig zu, verhalten sich aber immer noch wie kleine Kinder. Kaum zu glauben, dass einer von ihnen ein Gesetzeshüter und der andere Tierarzt ist.« Sie kicherte. »Aber jetzt mal zu euch beiden … Amüsiert ihr euch? Dort drüben spielt eine Band, die ihr euch unbedingt anhören solltet. *The High* haben sich in Greenwater Hill schon einen Namen gemacht. Die Jungs treten immer dann auf, wenn die Stadt ein Fest zu feiern hat. Dabei ist es egal, ob sie auf einer Hochzeit spielen oder auf dem Abschlussball der Highschool.«

Ich nickte beeindruckt, und Louise reckte ihren Kopf, um zur Bühne zu sehen.

»Können wir näher ran?« Sie sah mich so unglaublich süß an mit ihrem strahlenden Lächeln …

»Mit Hank wird das schwierig. Dort herrscht so ein Gedränge. Ich bleibe besser hier, aber geht nur.«

»Wirklich?«

Sie sah mich zögerlich an, aber Maya hakte sich schon bei ihr unter.

»Jetzt komm schon, er wartet hier auf dich!« Und schon waren die beiden in der Menge verschwunden.

»Wie hast du deine Schwester nur zweiundzwanzig Jahre ausgehalten?« Ted schüttelte den Kopf, als er den beiden Frauen hinterhersah.

»Das fragst du mich ernsthaft? Du bist doch derjenige, der was von ihr will …« Dean sah seinen Kumpel mit gerunzelter Stirn an.

Wir setzten uns auf eine Steinmauer, jeder seine Flasche Bier in der Hand, während es sich Hank zu unseren Füßen bequem machte, die Ohren jedoch aufmerksam gespitzt und die Schnauze in die Luft gestreckt.

»Das ist doch nur Spaß. Ich ziehe deine Schwester damit auf, weil ich es lustig finde, sie rasend zu machen. Aber es ist, wie sie gesagt hat: Sie ist mehr wie eine Schwester für mich. Alles, was darüber hinausgeht, wäre seltsam.«

»Was zwischen dir und Louise ganz anders zu sein scheint«, lenkte Dean das Gespräch auf mich. »Maya hat erzählt, dass ihr euch erst seit Kurzem kennt.«

Die beiden Jungs waren mir sympathisch. Dean erinnerte mich ein bisschen an Ron, und vielleicht war das der Grund, weshalb ich, ohne zu überlegen, von Louise und mir erzählte.

»Ja, ich bin der Möbelpacker, der ihr beim Umzug geholfen hat.«

»Wow ... und das ist wie lange her?«, hakte Ted nach.

»Gestern war es eine Woche ...«, gestand ich und war selbst überrascht, dass es erst so wenige Tage waren.

»Krass ... da hat Amors Pfeil ja eingeschlagen wie eine Bombe.«

Dean grinste breit, und ich lachte.

»So kann man es auch nennen, ja.«

»Na, dann scheinst du wohl alles richtig gemacht zu haben.« Ted klopfte mir anerkennend auf die Schulter.

»Bedeutet das, dass ihr jetzt zusammenzieht?«, hakte Dean noch einmal nach, und sofort war wieder dieser drückende Schmerz in meinem Brustkorb.

»Nein, ich ... werde nach New York gehen.«

»Wie jetzt?« Ted sah mich irritiert an, während Dean die Flasche wieder senkte, die er eben an seinen Mund führen wollte.

»Ich habe einen Job in New York angenommen, den ich in einer Woche antreten werde.«

»O Mann ...!« Ted schüttelte den Kopf, sodass ihm seine langen Strähnen wieder ins Gesicht fielen. »Das nenn ich Pech. Wer kann schon ahnen, dass man nach so einer Entscheidung sein Mädchen kennenlernt.«

Ich schluckte hart, denn die Wahrheit hörte sich selbst in meinem Kopf völlig verrückt an. »Wenn's nur so wäre. Nein, ich ... hab erst gestern angerufen und zugesagt.«

Der Blickwechsel zwischen den beiden Männern sprach Bände.

»Ja, ich weiß …« Ein tiefes Seufzen verließ meine Lippen, und ich sackte in mich zusammen.

»Auf das Leben … das es nicht immer gut mit uns meint.« Dean hielt mir seine Flasche entgegen, und ich stieß mit meiner an das Glas des Halses.

»Und auf die Frauen, die uns Männer verrückt machen«, ergänzte Ted und schielte zu der Menge, in der die Frauen verschwunden waren und vermutlich gerade zur Musik der Band abrockten.

Meine letzten Tage vor der Abreise verbrachte ich die meiste Zeit mit Louise. Hank war fast immer bei uns, wenn ich abends nach der Arbeit zu ihr fuhr und bei ihr übernachtete.

Je näher der Abschied kam, umso schwerer fiel es mir, mich morgens von ihr zu trennen. Wie es mir in New York gehen würde, konnte ich mir aus derzeitiger Sicht noch gar nicht vorstellen. Eigentlich hätte ich mich auf den neuen Job freuen sollen, doch davon war ich weit entfernt. Ich hoffte einfach darauf, dass mich die Euphorie wieder packen würde, sobald ich in New York angekommen war.

»Bis heute Nachmittag.« Ich beugte mich über Louise, die noch im Bett lag und mir verschlafen entgegenblinzelte.

»Geh nicht.« Sie klammerte sich an mir fest, hatte ihre Finger in meinem Nacken verschränkt.

»Ich muss aber zur Arbeit. Dieses letzte Mal noch, alle Unterlagen abgeben und mich von den Kollegen verabschieden. Und dann muss ich nach Hause, den Rest packen und mich von Hank verabschieden.«

»Wann genau sehe ich dich wieder?«, fragte sie, und so traurig, wie sie klang, zerquetschte es fast mein Herz.

»Gegen drei bin ich bei dir im Büro.«

Sie nickte und biss sich auf die Unterlippe. Ihre Mundwinkel waren nach unten geneigt, und einmal noch streichelte ich über ihre Wange, bevor ich Hank rief und wir das Haus verließen.

»Baker, Sie wissen, Sie haben hier immer einen Platz.« Mr MacTowell schüttelte kräftig meine Hand, und es schien, als wollte er mich genauso wenig gehen lassen wie Louise. »Nur für den Fall, dass es mit New York doch nicht klappt.«

»Danke, Sir. Das weiß ich zu schätzen.«

Ich sah dem alten Mann in die Augen, der über die Monate fast so etwas wie mein Vaterersatz geworden war.

»Dann … alles Gute.«

Er klopfte mir ein letztes Mal auf die Schulter, dann ging ich aus seinem Büro.

»Du machst wirklich Ernst, wie?« Ron tauchte in der Tür auf und humpelte auf Krücken gestützt in das kleine Bürogebäude. »Mike hat mich angerufen und mir gesagt, dass du weggehst.« Seine Stimme hatte etwas Anklagendes.

»Sorry, Mann. Ich wäre noch zu dir gekommen, bevor ich zum Flughafen fahre.«

»Warum hast du mir bisher nichts gesagt?« Nun klang er richtig enttäuscht.

»Ich … nun ja … ich weiß auch nicht.« Ich seufzte und fuhr mir mit gespreizten Fingern über die Haare. »Eigentlich will ich mich von niemandem hier verabschieden. Das hat etwas so … Endgültiges an sich.«

»Dann ist es also noch gar nicht fix, dass du in New York bleibst?«

Ron hatte immer schon ein Händchen dafür, mir im richtigen Moment auf den Zahn zu fühlen und dabei so viel mehr über mich zu wissen als ich selbst.

»Doch … schon. Ich weiß auch nicht. New York und der Job passen einfach so gar nicht mehr in mein Leben. Mit Louise hat sich alles geändert. Hätte ich diese Chance vor einem Monat bekommen …« Wieder seufzte ich und lehnte mich an einer Tischkante an.

»Im Leben passiert nichts ohne Grund. Hab Geduld. Wir halten hier die Stellung.«

»Danke, Mann.«

Wir umarmten uns brüderlich und klopften uns gegenseitig auf die Schulter.

»Hast du dein Haus eigentlich verkauft?«, fragte er dann noch einmal.

»Nein, ich … dachte mir, ich behalte es einstweilen noch, bis ich in New York eine eigene Wohnung gefunden habe. Vorübergehend vermietet mir meine Chefin ein Apartment.«

»Alles klar.« Ein seltsamer Glanz tauchte in Rons Augen auf. »Also dann … wir sehen uns. Melde dich mal von der anderen Seite und erzähl mir, warum ich nicht nach New York will.« Er lachte kehlig und begleitete mich in den Aufenthaltsraum, in dem bereits ein paar der anderen Kollegen versammelt waren und auf die Einteilung ihrer Tagestour warteten – und um sich von mir zu verabschieden.

Neben dem Abschied von Louise, der mir noch bevorstand, fiel mir der von Hank am schwersten. Als wüsste der alte Kerl, dass wir uns nun eine lange Zeit nicht sehen würden, winselte er diesmal ununterbrochen, als ich vom Büro des Umzugsunternehmens zu meinem Auto zurückkam. Ich schloss die Wagentür hinter mir und startete den Motor. Meine Augen brannten, und ich wischte fest mit Daumen und Zeigefinger darüber.

Was zur Hölle tat ich hier eigentlich?

Als ich endlich zu Hause war – Hank klagte die ganzen fünfzehn Meilen bis zu meinem Haus –, ließ ich den Hund aus dem Wagen springen. Kaum dass er auf dem erdigen Boden stand, sank ich auf die Knie und umarmte meinen besten Kumpel.

Ich weinte wie ein Baby, das Gesicht in sein Fell vergraben. Meine Brust zog sich schmerzhaft zusammen, und ich hätte schreien können vor Wut, weil der Plan des Lebens diesmal so gar nicht darauf geachtet hatte, was es mit mir anrichtete.

Ich hatte keine Ahnung, wie lange ich mit Hank so neben meinem Wagen kniete. Doch irgendwann spürte ich eine Hand auf meiner Schulter. Schnell wischte ich mir über mein feuchtes und mit Hundehaaren verklebtes Gesicht.

»Kommen Sie. Ich mache Ihnen einen Kaffee und gebe Hank sein Fressen.«

Mrs Goldbutter lächelte mich warm an, drehte sich dann auf dem Absatz um und ging zurück zu ihrem Haus. Ich tätschelte ein letztes Mal Hanks Fell und nahm seine Pfote von meiner Schulter, ehe ich aufstand und ihr gemeinsam mit ihm folgte.

»Sie können sich im Bad waschen.« Die alte Frau deutete auf eine Tür am Ende des Flurs. Dankbar nahm ich ihr Angebot an, und als ich zurückkam, schlabberte Hank bereits sein Futter aus dem Napf.

»Zucker zum Kaffee, hab ich recht?« Sie sah mich fragend an, und ich nickte.

Wie ferngesteuert schaufelte ich die vier Löffel in die Tasse und lehnte mich mit leerem Blick in den Stuhl zurück.

»Danke«, murmelte ich leise, als sich die Frau mir gegenüber setzte und mir ein Stück Kuchen über den Tisch schob.

»Ach, das ist doch nur ein Butterkuchen, nichts Besonderes.« Sie sah mich warmherzig an.

»Ich meinte das mit Hank. Und dass Sie mich eben aus dem schlimmsten Selbstmitleid gezogen haben.«

Sie lächelte nur weiter, ohne etwas darauf zu erwidern. Stattdessen streichelte sie meinen Hund, der eben zu ihr gekommen war.

»Wir werden eine schöne Zeit haben, Hank, nicht wahr?«

Er brummte zufrieden, als sie seine Seite klopfte.

Dann erzählte Mrs Goldbutter von ihrer Jugend, in der sie einen Langhaarcollie gehabt hatte, wie *Lassie* aus der gleichnamigen Fernsehserie.

Als ich mich von ihr nach etwas über einer Stunde verabschiedete, kniete ich mich ein letztes Mal zu Hank hinab, um ihn zu umarmen.

»Wir sehen uns, Kumpel«, flüsterte ich ihm ins Ohr. Dann stand ich auf, obwohl ich viel lieber zusammengekauert mit meinem besten Freund auf dem Boden geblieben wäre, und ging.

Ich betrat das Rathaus, das im Kolonialstil erbaut wurde, und mir fiel jeder Schritt schwerer als der zuvor. Ich kämpfte mich die Treppen hoch, und als ich vor der Tür stand, hinter der das Büro der Bürgermeisterin und somit auch das von Louise war, war ich kurz davor, einfach wieder abzuhauen, ohne mich von ihr zu verabschieden.

Die Angst, noch ein letztes Mal ihren Schmerz zu sehen, raubte mir fast den Atem. Mir war heiß und kalt, und bevor ich anklopfte, wischte ich mir meine Handflächen an meiner Jeans ab.

Ein leises »Herein« verriet mir, dass Louise da war. Sie saß an ihrem Schreibtisch und war so schön. Wie konnte ich das hier alles nur aufgeben? Ich war so ein verdammter Idiot!

»Noah!« Sie sprang auf und fiel mir um den Hals. Louise küsste mich, als wäre es das letzte Mal, dass wir uns sehen würden, und ich spürte eine heiße Träne von ihr an meiner Wange. »Viel Spaß in New York«, flüsterte sie erstickt und verzog gequält den Mund zu einem Lächeln.

»Danke.«

Es war die Hölle. Wir standen hier, eng umschlungen, und hielten unser Glück in Händen. Und ich egoistischer Arsch musste alles zerstören, weil ich einem Traum hinterherrannte, der vielleicht gar keiner mehr war ...

Und trotzdem oder vielleicht gerade deshalb musste ich nach New York gehen. Um herauszufinden, was mich dort erwartete. Nur so würde ich für mich klären können, ob es das Richtige war oder ob ich den größten Fehler meines Lebens beging.

»Melde dich, wenn du gelandet bist, okay?«

Sie hatte ihr Gesicht an meinem Hals vergraben und presste sich mit aller Kraft an mich.

Wortlos nickte ich. Wäre es nach mir gegangen, hätte ich sie nicht losgelassen. Oder ich hätte mir Louise über die Schulter geworfen und wäre mit ihr gemeinsam nach New York. Aber beides war nicht möglich.

Ein letztes Mal küsste ich sie zärtlich, dann löste ich mich vorsichtig aus ihrer Umklammerung. Im Rückwärtsgang steuerte ich auf die Tür zu, durch die ich gekommen war. Der Schmerz, den Louise fühlte, konnte ich in ihrem Gesicht erkennen. Und auch ich fühlte tief in mir, wie etwas in Abertausende Scherben zersprang ... Die Splitter bohrten sich in mein Herz und in meine Lunge und machten das Atmen fast unmöglich.

Es war mir einfach zu viel. Ich drehte mich um und suchte das Weite. Was hätte ich ihr denn noch sagen sollen? Bis bald? Wer wusste das schon so genau ...

»Sie sind Noah Baker, der Freund von Louise Foley, hab ich recht?«

Ich bremste meinen Laufschritt abrupt. Diese Stimme kannte ich von irgendwoher. Als ich mich umdrehte, stand ich der blonden Frau aus der Bar gegenüber.

»Clara Fontaine, richtig?«, fragte ich, obwohl ich mir tausendprozentig sicher war.

Sie nickte. »Ich wünsche Ihnen viel Glück in New York. Für Sie und auch für Louise hoffe ich, dass Ihre Entscheidung richtig ist. Aber das müssen Sie am besten wissen.«

Dann ging sie und ließ mich stehen mit diesem schlechten Gewissen, das mich fast in die Knie zwang.

New York empfing mich, als wäre ich nie weg gewesen. Als wäre der Stadt meine Abwesenheit nicht aufgefallen – und das war auch bestimmt so. Ich war hier irgendjemand. Eine Nummer, einer unter Millionen.

Ein Taxi brachte mich zum *New Eden*, wo mich Mrs Rockefeller willkommen hieß und mir den Schlüssel für das Apartment aushändigte. Sie begleitete mich zu meiner Bleibe auf Zeit, führte mich dort durch die eingerichteten Räume der kleinen, aber ordentlichen Wohnung, und ich unterzeichnete einen befristeten Mietvertrag sowie meinen Arbeitsvertrag.

»Ich freue mich wirklich, dass Sie sich für New York und für *New Eden* entschieden haben, Mister Baker. Uns steht auf jeden Fall eine ausgezeichnete Zusammenarbeit bevor, ich habe große Ideen, von denen ich mir erwarte, dass Sie sie umsetzen.«

Ich nickte mechanisch. Der Abschied von Louise, die Worte von Mrs Fontaine und der Flug hierher hatten mich geschafft. Jetzt brauchte ich erst mal etwas Ruhe und Zeit für mich.

»Wir sehen uns morgen um neun im Büro zur Team-besprechung. Dann werde ich Sie den Leuten vorstellen. Bis dahin haben Sie Zeit für sich. Machen Sie es sich gemütlich, Mister Baker.«

Ich sah mich um. Mein Koffer stand zu meinen Füßen, und das Einzige, das ich dringend brauchte, waren eine heiße Dusche und etwas zu essen. »Danke.« Ich schüttelte ihr ein letztes Mal die Hand, ehe sie die Tür hinter sich zuzog.

Mit einem tiefen Seufzen ließ ich mich auf das Sofa fallen. Ich fühlte mich müde, meine Glieder waren bleischwer, und am liebsten hätte ich jetzt geschlafen. Aber noch viel lieber wollte ich Louises Stimme hören. Also griff ich nach meinem Telefon und drückte die Kurzwahltaste.

Elf – Louise

Nachdem Noah Greenwater Hill den Rücken gekehrt und Hank und mich zurückgelassen hatte, war es, als hätte er ein großes Loch in mein Leben gerissen. Zwar telefonierten wir jeden Tag miteinander, aber ich hatte Angst, dass irgendwann diese große Sehnsucht nacheinander verfliegen könnte und wir dann beginnen würden, uns voneinander zu distanzieren. Schließlich erlebte er so viel Interessantes, so viel Neues, lernte andere Menschen kennen, hatte ein anderes Umfeld …

Ich war mir sicher, Noah hatte ähnliche Bedenken, aber er ließ sich nichts dergleichen anmerken, wenn wir uns hörten oder per Skype sahen.

Er erzählte mir von seiner neuen Arbeit, zeigte mir seine Wohnung auf Zeit, aber ich merkte ihm auch an, dass ihn die Entscheidung, sein altes Leben hinter sich zu lassen, nicht so glücklich zu machen schien, wie er erwartet hatte.

Alles in allem war es eine blöde Situation, und insgeheim wünschte ich, er hätte sich für mich und nicht für New York entschieden. Ich ertappte mich sogar dabei, wie ich ihm stillschweigend Vorwürfe machte, dass ich ihm wohl nicht wichtig genug war. Doch dann meldete sich mein schlechtes Gewissen und erinnerte mich daran, dass auch ich lange Zeit auf ein passendes Angebot gewartet hatte. Ich war mir nicht sicher, ob ich nicht auch nach Greenwater Hill gegangen wäre, wenn ich kurz zuvor in Portland meinen Traummann kennengelernt hätte.

Obwohl ich für mich eine Erklärung suchte und auch daran festhielt, dass es letztlich verständlich und richtig von Noah gewesen war, seinen Traumjob in New York anzunehmen, war meine Stimmung im Keller. Ich war zwar nicht unfreundlich, aber ziemlich kurz angebunden und ging Small Talk jeglicher Art aus dem Weg. Das merkte auch Clara, sprach mich zunächst aber nicht darauf an. Sie runzelte zwar die Stirn, wenn ich ohne meinen üblichen Kampfgeist ins Büro kam. Und seit Noahs Abreise war sie diejenige, die frühmorgens aufsprang und mir einen Kaffee brachte, kaum dass ich mich an meinen Schreibtisch setzte. Sie lud mich sogar einmal zum Mittagessen in die Pizzeria ein, und sogar hier sprach sie mich nicht auf meine miese Laune an.

Vielleicht lag es an meiner Übellaunigkeit, oder aber die Pizzen schmeckten tatsächlich immer schon so fad – und nur damals mit Noah am ersten Abend waren sie mir viel leckerer vorgekommen, als sie wirklich waren.

Doch an diesem Montagmorgen war etwas anders. Clara setzte sich mit zwei Tassen Kaffee in den Händen auf meine Tischkante. Sie reichte mir mein Lebenselixier und sah mich streng und zugleich mitfühlend von oben herab an.

»Louise … ich ahne, wie es dir im Moment geht. Dein Freund ist nach New York gegangen, obwohl du hier bist. Er hatte die Wahl – und dem Job den Vorzug gegeben. Dazu gibt es nichts weiter zu sagen, außer, dass ich ihn aufgrund seiner Entscheidung, die ihm bestimmt nicht leichtgefallen ist, respektiere. Ich verstehe auch deine Reaktion darauf. Ich weiß, dass es wehtut und deprimiert. Aber ich muss dich mal darauf hinweisen, dass wir hier eine Stadt zu retten haben! Du machst keine schlechte Arbeit, aber dein Einsatz und deine Euphorie haben in den letzten Tagen stark nachgelassen.«

Beschämt kaute ich auf meiner Wangeninnenseite und hielt den Blick auf die Kaffeetasse in meiner Hand gerichtet. Ich wusste, sie hatte so recht …

»Tut mir leid«, murmelte ich leise und wollte mich am liebsten in Luft auflösen.

»Das braucht es nicht. Es ist völlig in Ordnung, Gefühle zu zeigen. Aber du sollst auch nicht vergessen, dass eine ganze Stadt auf deine Arbeit zählt … Dass *ich* auf dich zähle.«

Ich schluckte den dicken Kloß in meinem Hals hinunter und nickte betreten. Natürlich stimmte das, was Clara sagte: Ich verhielt mich zurzeit absolut unprofessionell. Ich stellte die Tasse hin und blickte sie fest an.

»Okay, also du hast jetzt noch eine gute Stunde, um dich zu sammeln. Dann haben wir einen Termin mit Hugh Ward, dem Freund meiner Schwester. Die beiden sind seit dem Wochenende in Greenwater Hill, und ich habe dir ja bereits letzte Woche seine Liste gezeigt, von der wir viele Punkte auf unsere Pinnwand übernommen haben.«

Wieder nickte ich. Es waren einige sehr interessante Vorschläge dabei, und ich war gespannt auf den Mann, von dem sie stammten.

»Ich habe dir ja schon von Hugh Ward erzählt. Er ist Inhaber von *HWL Investments*, einer großen Investmentfirma in London.«

Ich nickte wieder und ärgerte mich gleichzeitig über mich selbst. Nach unserem letzten Gespräch, in dem sie ihn erwähnt hatte, hatte ich mir fest vorgenommen, ihn zu googeln. Aber wegen Noah hatte ich auch das vergessen.

»Er ist nicht nur in Großbritannien bekannt«, sagte Clara in diesem Moment und lenkte meine Aufmerksamkeit wieder auf sich. »Ich habe sogar schon mal hier in einem Wirtschaftsblatt von ihm gelesen. Ich bin mir also sicher, dass er auch weiß, wie man eine ganze Stadt retten kann, nachdem er es mit unzähligen Unternehmen bereits erfolgreich geschafft hat.«

»Denkst du, er will in Greenwater Hill investieren?«

Clara legte den Kopf schief. »So genau weiß ich das noch nicht. Darüber hat er bisher nichts gesagt, aber es wäre toll, findest du nicht?« Sie lächelte nun aufgeregt. »Und selbst wenn nicht, haben wir einen mehr im Boot, der uns vor dem Untergang bewahren will.«

Damit rutschte sie von der Tischkante und zwinkerte mir aufmunternd zu. »Eine Stunde, Louise«, rief sie noch einmal, bevor sie in ihrem Büro verschwand.

Das Fieber, die Aufregung und die Einsatzbereitschaft, die mich die letzten Tage verlassen hatten, brodelten wieder in mir, als wären sie nie weg gewesen. Sofort suchte ich die Liste, auf der ich seine und unsere Vorschläge zur Verbesserung der Attraktivität von Greenwater Hill zusammengefasst hatte, und machte mir zu jedem einzelnen meine Notizen. Ich wollte von dem Mann erfahren, was seiner Meinung nach zu tun war, um alles auch in die Realität umzusetzen.

Ich war gerade fertig geworden und hatte mir eine neue Tasse Kaffee geholt, als mir auf dem Rückweg ins Büro zwei Leute entgegenkamen. Ich ahnte, um wen es sich handelte.

Die Frau war zierlich und unglaublich hübsch, mit rotgoldenen Haaren. Der Mann an ihrer Seite, der ihre Hand hielt, sah jung aus, fast ein wenig wie ein Student. Und doch war sein Auftreten entschlossen. Er wirkte zielstrebig und einflussreich und sogar ein wenig einschüchternd auf mich.

»Sie müssen Mister Ward und Miss Fontaine sein«, empfing ich die beiden am Treppenabsatz.

»Genau. Und Sie sind …?« Mr Ward begrüßte mich mit einem neugierigen Lächeln.

»Louise Foley. Ich bin eine der wenigen Helden, die diese Stadt retten sollen.«

Er lachte laut, und Claras Schwester kicherte.

»Hugh Ward, und das ist Chloe Fontaine, die Schwester der Bürgermeisterin. Wir haben einen Termin mit ihr.«

»Dann kommen Sie bitte mit, wir erwarten Sie bereits.«

Während ich unsere Gäste mit Getränken versorgte und die beiden Schwestern am Besprechungstisch Platz nahmen und aufgeregt schnatterten, sah sich Mr Ward unsere Pinnwand an.

»Da habt ihr ja schon einiges zusammengetragen«, sagte er zu mir.

»Vieles davon stammt aber von Ihnen«, erinnerte ich ihn an seine Vorarbeit.

Er sah mich interessiert an, dann trat er näher an die Wand. Die beiden Schwestern verstummten, und Clara stellte sich neben ihn. Ich folgte ihr, und kurz darauf blickten wir zu viert auf die Notizen an dieser Tafel, die über die Zukunft der Stadt entscheiden sollten.

»Interessant.« Er klatschte in die Hände und nahm Platz.

Wir setzten uns zu ihm.

»Dann lasst mal hören, wie ihr euch das alles vorstellt.«

Wir saßen bis am späten Nachmittag zusammen, mit einer kurzen Unterbrechung, in der wir uns Sandwiches bringen ließen. Dafür kamen wir aber auch in der Planung ein ganzes Stück voran.

Clara erzählte, wie sie sich bereits letzte Woche auf dem Brückenfest mit Mr Landreth, dem Inhaber der Bäckerei, unterhalten hätte.

»Ich habe nichts von unserer Idee erwähnt, die Bäckerei zu vergrößern und ein Café daraus zu machen. Aber er meinte von sich aus, dass das Geschäft sehr gut laufe und er überlege, das leer stehende Geschäftslokal daneben zu kaufen«, erzählte sie aufgeregt.

Hugh griff den Punkt auf. »Dann helfe ich euch, ein passendes Geschäftsmodell vorzubereiten und es ihm zu präsentieren. Es ist wichtig, dass ihr Orte schafft, an denen sich die Leute gerne treffen. Und die Bäckerei, die Mr Landreth in ein Café umwandeln könnte – das ist eine gute Idee. Denn das ist etwas, das hier noch fehlt.«

»Wieder …«, warf Chloe ein, die sich die ganze Zeit eher zurückgehalten hatte. »Früher gab es mal ein kleines Café mit eigener Konditorei. In den Sommerferien hab ich dort ab und zu gearbeitet, aber als die Inhaber in Rente gingen, fanden sich keine Nachfolger. Die jungen Leute gingen alle weg von hier, und niemand wollte in eine überaus notwendige Renovierung investieren.«

»Na bitte, dann wird es Zeit, dass dieses Thema endlich wieder aufgegriffen wird. Die Leute von Greenwater Hill müssen zum Umdenken gebracht werden: Jede Neuerung bringt auch neue Jobs, was wiederum bedeutet, dass die Leute keinen Grund mehr haben, wegzuziehen und in den Städten nach Arbeit zu suchen. Und Orte wie Cafés, Bars und Restaurants locken auch Gäste von den umliegenden Orten an, was wieder mehr Umsatz bedeutet.« Hugh lehnte sich zurück und verschränkte seine Hände hinter dem Kopf, als hätte er die Lösung des Problems gefunden.

»Wenn da nur nicht das liebe Geld wäre …«, murmelte Clara. »Ich weiß nicht, wie ich die Geschäftsinhaber dazu bringen soll, zu investieren und die Stadt nach unseren Ideen zu formen. Immerhin birgt das für alle ein großes Risiko. Es könnte ja sein, dass unser Angebot nicht wie erwartet angenommen wird und die Leute trotz unseres Bemühens aus Greenwater Hill wegziehen.«

Clara tat mir leid. Auf ihren Schultern lag eine Last, die ich niemandem wünschte.

»Dieses Risiko hat jeder, der investiert, Clara. Wichtig ist dabei die Vision, dass es gelingen kann. Das alles ist ein großes Zusammenspiel von ganz vielen Faktoren. Du musst die Bürger der Stadt motivieren, sich an der Erhaltung ihrer Stadt zu beteiligen. Sie müssen es ebenfalls wollen, dass Greenwater Hill eine Zukunft als eigenständige Stadt hat. Bezieh die Presse mit ein, mach Werbung für Greenwater Hill.«

Hugh zeigte auf unseren Plan. »Versucht, so viel wie möglich davon umzusetzen, findet Investoren, die sich einbringen möchten. Macht Greenwater Hill für Touristen interessant. Soweit ich weiß, stehen auch viele Häuser leer. Kauft diese auf, lasst sie gegebenenfalls renovieren und verkauft sie weiter zu einem Preis, der euch als Stadt nicht ruiniert, aber trotzdem interessant ist für junge Leute. Niemand will nach dem College zurück ins Elternhaus, aber wenn es neue Wohnmöglichkeiten und Jobangebote gibt, hat man schon eher Interesse, sich dort niederzulassen, wo man groß geworden ist.«

Er sah in die Runde und schien seine Gedanken zu sammeln.

»Wir haben hier bereits tolle Ideen ausgearbeitet. Louise, erstelle zu allen Einzelprojekten ein Geschäftskonzept. Ich beziehungsweise meine Assistenten helfen dir natürlich dabei. Und dann lasst uns Investoren und Interessenten suchen.«

Er stand auf und ging ans Fenster.

»Seht ihr das?« Er zeigte hinaus. »Verdammt, es ist unglaublich schön hier! Die Hügel, die Seen in unmittelbarer Nähe, der Columbia River … Ihr müsst Greenwater Hill auch für Touristen interessanter gestalten. Ihr braucht Hotels, einen Fahrradverleih … Es gibt so viele Outdoor-Möglichkeiten, die hier gar nicht richtig genutzt werden.«

Wir Frauen sahen uns abwechselnd an.

»Du hast absolut recht, Hugh. Und deshalb werde ich mich gleich an die Arbeit machen. Jede Stunde, die wir verlieren, kommen wir der Deadline näher.« Entschlossen stand ich auf. »Wenn so weit alles geklärt ist, ziehe ich mich jetzt an meinen Schreibtisch zurück.«

Clara nickte, genau wie Hugh, der seine Hände in den Hosentaschen vergrub und wieder nach draußen sah.

Ich packte meine Unterlagen zusammen und schloss die Bürotür hinter mir. Jetzt wollte ich mich voll und ganz auf meine Arbeit konzentrieren und mich von nichts und niemandem unterbrechen lassen. Ich hatte so meinen Plan, wie ich alles angehen würde, und erstellte mir als Erstes einen Zeitplan sowie eine Prioritätenliste.

Alle Möglichkeiten, die wir heute durchgesprochen hatten, hatte ich in meinem Notizbuch mitgeschrieben. Jetzt ging ich einen Punkt nach dem anderen durch. Ich fasste alle Unternehmen zusammen, die bereits in der Stadt ansässig waren und die eine Auffrischung ihres Images und ihres Äußeren vertragen könnten, wie zum Beispiel die Bäckerei von Mr Landreth und die Pizzeria.

Die restlichen Ideen fasste ich erst stichwortartig zusammen und teilte sie auf zwei Ordner auf mit den Namen »Leicht umsetzbar« und »Harte Brocken«. Und dann begann ich mit der Ausarbeitung des ersten Konzepts – natürlich, ohne die Zahlen der betreffenden Unternehmen zu kennen, was die Sache für mich einerseits schwieriger machte, ich andererseits aber auch schneller fertig war, da ich nur mit fiktiven Umsätzen jonglierte.

»Willst du nicht mal Schluss machen?«, fragte mich Clara in diesem Moment, die im Trenchcoat und mit ihrer Aktentasche an meinem Schreibtisch Halt gemacht hatte.

Ich blinzelte und sah zum Fenster hinaus. Draußen war es schon dunkel, und überrascht runzelte ich die Stirn. »Wie spät ist es?«, fragte ich und warf gleichzeitig einen Blick auf die kleine Uhr rechts unten auf meinem Monitor. »Was? Schon nach zehn? Wie ... was ...«

Ich sah Clara an, die mich auch müde anlächelte.

»Na komm, schalte aus! Du kannst morgen weiterarbeiten.«

Als ich zu Hause ankam, war es halb elf vorbei. Jetzt noch bei Noah anzurufen, hielt ich für nicht richtig. Ich hätte ihn aufgeweckt – das heißt, falls er überhaupt ans Telefon gegangen wäre. Während der letzten Stunden hatte ich über meiner Arbeit Noah und meine Gefühlslage völlig verdrängen können. Hier in meinen vier Wänden holte mich die Traurigkeit von heute Morgen aber wieder ein. Noah war so weit weg, und ich hätte so gerne über meinen Tag mit ihm gesprochen. Mein Herz zog sich schmerzhaft zusammen. Gerade einmal fünf Tage hatte es gedauert, und wir hatten unser Versprechen, täglich zu telefonieren, gebrochen. Ich hatte es gebrochen!

Als ich mein Smartphone aus der Handtasche zog, sah ich, dass Noah zweimal angerufen hatte. Wenn ich die Zeitverschiebung mit einrechnete, musste es einmal in der Mittagspause und einmal nach Dienstschluss gewesen sein – zu beiden Zeiten war ich in einer Besprechung gewesen, und ich hatte das Telefon nicht gehört.

Dass ich danach nicht an ihn gedacht hatte, mir selbst nicht eingefallen war, mich in einer kurzen

Verschnaufpause bei ihm zu melden, tat mir unendlich leid. Also tippte ich ihm eine kurze Nachricht, in der ich ihm erklärte, wie mein Tag verlaufen war und weshalb ich seine Anrufe nicht gehört hatte.

Anschließend ging ich ins Bad, um mich abzuschminken, die Zähne zu putzen und in den Pyjama zu schlüpfen. Als ich zurück ins Schlafzimmer kam, um zu Bett zu gehen, entdeckte ich eine Nachricht auf meinem Handy:

Schlaf gut, Süße. Wir hören uns morgen. Ich liebe und vermisse dich!

Am Ende des Satzes entdeckte ich einen Kussmund. Mit Tränen in den Augen schickte ich ihm ein großes rotes Herz. Dann legte ich das Telefon auf den Nachttisch und schlief innerhalb von Minuten ein.

Am nächsten Morgen kamen meine Energie und mein Tatendrang zurück, kaum dass ich das Büro betrat. Diese Melancholie, die mich zu Hause eingehüllt hatte, war zum Glück heute auch dort geblieben.

Während ich darauf wartete, dass mein Computer startklar war, holte ich mir einen Kaffee, und als ich Clara im Treppenhaus hörte, nahm ich gleich noch einen zweiten mit.

»Gut, dass du schon da bist, Louise. Hast du gleich einen Moment für mich? Ich muss etwas mit dir besprechen.«

Ich nickte und folgte meiner Chefin ins Büro. Sie hängte ihren Trenchcoat an den Kleiderständer in der Ecke und schaltete ihren Computer ein. Dankend nahm sie ihren Kaffee entgegen, dann ging sie zum Fenster, an dem gestern Nachmittag Hugh gestanden und begeistert hinausgesehen hatte. Nun fühlte ich mich etwas deplatziert in ihrem Büro und war mir nicht mehr sicher, ob sie tatsächlich jetzt sofort mit mir sprechen wollte, als sie endlich begann.

»Als du gestern mein Büro verlassen hast, hat meine Schwester Hugh noch bearbeitet. Du musst wissen, Chloe ist hoffnungslos romantisch und glaubt immer an das Gute im Menschen. Ich weiß nicht, wie genau sie es anstellt, aber sie hat Hugh dazu gebracht, bei uns zu investieren. Nachdem sie gestern gegangen waren, haben sie sich wohl noch lange darüber unterhalten, denn heute Morgen hat er mich schon früh angerufen und mir gesagt, dass er bereit sei, das alte Restaurantgebäude zu kaufen und neu aufzubauen. Er hatte sich auch bereits Gedanken darüber gemacht, wie das Geschäftskonzept aussehen könnte.«

Ich hatte ihren so begeistert klingenden Worten gelauscht und war sehr überrascht. »Das ist ... ja der absolute Wahnsinn.«

Clara nippte an ihrem Kaffee und drehte sich dann zu mir um. Ihre Augen glänzten. Ohne auf meinen Kommentar einzugehen, redete sie weiter.

»Ich möchte, dass du dich mit Hugh in Verbindung setzt und ihm alle Infos gibst, die er braucht. Er hat anklingen lassen, eventuell mit dem Designer zusammenarbeiten zu wollen, den er bereits bei der Renovierung seines *White Garden* beauftragt hatte. Er hat mir beeindruckende Fotos von diesem Club in

London gezeigt – etwas Ähnliches kann ich mir auch bei diesem Restaurant prima vorstellen.«

Ich nickte aufgeregt und war sehr gespannt auf Hughs Pläne.

»Siehst du dich der Aufgabe gewachsen, den gesamten Umbau zu überwachen? Hugh und Chloe werden bald wieder zurück nach London reisen, und er braucht jemanden, der vor Ort ein Auge auf alles hat, bis ein Geschäftsführer gefunden ist, der diese Arbeiten dann übernimmt.«

Ich nickte. »Natürlich, ich freue mich auf diese Herausforderung. Kommt Hugh dann noch einmal hierher, um einen Geschäftsführer einzustellen?«

»Nein, diese Aufgabe hat er mir übertragen.« Sie lächelte, dann ging sie zu ihrem Schreibtisch und öffnete eine Schublade, aus der sie eine Mappe zog, die sie mir reichte.

»Darin sind alle Infos zu dem leer stehenden Restaurantgebäude. Also Adresse des aktuellen Eigentümers, ein Plan des Gebäudes sowie alle damit zusammenhängenden Kontaktdaten wie die der ehemaligen Lieferanten.«

Überrascht sah ich sie an. »Da hast du ja ganze Arbeit geleistet«, lobte ich sie verblüfft, was sie mit einem stolzen Lächeln quittierte.

»Danke. Und soll ich dir was sagen? Seit Hughs überraschender Zusage, hier zu investieren, habe ich das erste Mal das Gefühl, dass es mit der Stadt wieder bergauf gehen wird.«

»Davon bin ich fest überzeugt.« Ich lächelte sie an, klemmte mir die Unterlagen unter den Arm, nahm den Kaffeebecher in die andere Hand und ging zu meinem Schreibtisch.

Clara hatte recht, jetzt kam der Stein ins Rollen.

Zwölf – Noah

Einen Monat war ich nun hier, und New York hatte mich völlig verschluckt. Tag für Tag schleppte ich mich ins Büro, wo ich für mindestens neun Stunden, wenn nicht länger, am Schreibtisch saß, bis mir mein Rücken schmerzte. Zwar kam ich prima mit den Kollegen und meiner Chefin zurecht, und auch die Arbeit an sich war interessant. Doch dieser Bürojob war nichts gegen die anstrengende körperliche Arbeit beim Umzugsunternehmen … er war die Hölle.

Früher war ich den ganzen Tag auf den Beinen gewesen – egal, ob in der Küche oder beim Möbelpacken. Nach Feierabend war ich fast täglich mit Hank zum Toben in den Wald gegangen. Doch jetzt tat ich nichts mehr, außer mich von früh bis spät hinter den Schreibtisch zu klemmen. Welcher Teufel hatte mich geritten, als ich unbedingt diesen Job annehmen musste?

Und das war noch nicht einmal das Schlimmste! Ich vermisste Louise jeden Tag mehr. Sie war die Liebe meines Lebens, und ständig von ihr getrennt zu sein, hatte ich mir nicht so unerträglich hart vorgestellt. Unsere Telefonate waren nicht immer so lange, wie ich gerne ihre Stimme gehört hätte und ihr zumindest auf diese Weise nah gewesen wäre, aber sie arbeitete oft bis spät in die Nacht. Sie schien Greenwater Hill tatsächlich in die richtige Richtung zu schubsen, und ich freute mich für sie und die Stadt.

Ich konnte es kaum mehr erwarten, bis diese Maschine, die mich quer über das Land flog, landete und ich Louise endlich wiedersehen würde. Zumindest für zweieinhalb Tage würde ich sie für mich haben, und diese Zeit wollte ich bis zur letzten Sekunde genießen.

Sosehr ich mich auf ein Wiedersehen freute, ich hatte aber auch Angst davor. Angst, dass sich zwischen uns etwas verändert haben könnte. Dass diese Wahnsinnsgefühle, die mich seit über einem Monat beherrschten, plötzlich weg sein würden, weil uns dieses seltsame Gefühl des Getrenntseins so viele Tage beherrscht hatte.

Und was, wenn Hank mir böse war, weil ich ihn so lange nicht gesehen hatte?

Ganz zu schweigen davon, dass der nächste Abschied mit quälenden Herzschmerzen ja nicht lange auf sich warten lassen würde.

Als die Maschine endlich gelandet war und ich die Tür nach draußen ansteuerte, um mir ein Taxi zu rufen, hörte ich hinter mir herzzerreißendes Gejaule, begleitet von dem Rufen meines Namens durch die süßeste Stimme, die mich hatte erwarten können.

Als ich mich suchend umdrehte, rannten Hank und Louise quer durch die Ankunftshalle in meine Richtung. Wenige Schritte von mir entfernt riss mein

Dicker sich los. Louise rief noch ein »Hank, bleib hier!« hinterher, doch das war ihm egal. Die Leine schleifte er auf dem Boden nach und stürmte unter freudigem Quietschen und unterdrücktem Jaulen die letzten Meter auf mich zu. Er sprang an mir hoch – etwas, das er normal nie tat – und riss mich dabei fast zu Boden.

Die Leute rundherum sahen uns bestimmt seltsam an, aber es war mir egal. Freudentränen brannten in meinen Augen, und ich blinzelte sie kräftig weg. Hank drückte ich fest an mich, und als Louise uns erreicht hatte, sank sie zu uns herab und umarmte mich ebenfalls.

»Was macht ihr beide denn hier?«, fragte ich mit belegter Stimme und sah in ihr freudestrahlendes Gesicht.

»Überraschung!« Sie streckte beide Arme in die Höhe, nur um sie gleich darauf wieder um meinen Nacken zu legen.

Hank schleckte über mein Gesicht, als wollte er auch seinen Beitrag dazu leisten.

Lachend wischte ich mir über die Wange, griff nach seiner Leine und stand gemeinsam mit Louise auf. Sofort umarmte ich sie, und sie schmiegte sich an mich. Ihr Pfirsichduft, den ich so vermisst hatte, legte sich wie eine Wolke um meine Nase, und erneut kämpfte ich gegen die Freudentränen an.

Sanft küsste ich sie auf ihren Scheitel und hielt sie fest, als könnte sie sich jeden Moment in Luft auflösen.

Ich hatte keine Ahnung, wie lange wir so standen. Hank saß geduldig zu unseren Füßen, so nah, dass er mein Bein fühlen musste. Als hätte auch er Angst, ich würde gleich nicht mehr da sein.

Als ich mich langsam von Louise löste und ihren Blick suchte, waren ihre Wimpern und Wangen nass.

Schnell wischte sie sich über ihr Gesicht und strahlte mich an.

»Es ist so schön, dass du wieder da bist. Wir haben dich schrecklich vermisst.«

»Ich … kann immer noch nicht glauben, dass ihr hier seid und mich abholt. Ich hatte mich schon auf eine langweilige Taxifahrt eingestellt.«

»Die wenige Zeit, die du hier bist – ich wollte keine Minute vergeuden. Wäre doch wirklich schade, wenn wir diese Stunden nicht gemeinsam nutzen könnten. Und Hank hat dich auch so vermisst, Noah.«

»Lass uns fahren. Ich will endlich mit dir alleine sein«, sagte ich und sah mich in der großen Halle um, in der so viele Menschen geschäftig umhereilten.

Louise nickte und wollte nach meiner Tasche greifen.

»Warte … nimm du Hank, und ich trage mein Gepäck. Auch wenn ich nicht lange hier sein werde, hat es sein Gewicht.«

Wortlos griff sie nach der Leine. Ihre Finger glitten zwischen meine, und ich fühlte mich für diesen kurzen Moment einfach nur glücklich. Ich war wieder dort, wo ich hingehörte. Ein großer Felsbrocken fiel von mir. Doch ich ahnte auch, dass er am Ende meines Aufenthalts an seinen Platz zurückwandern würde. Er würde von dem Moment an, in dem ich mich von Louise und Hank verabschieden würde, wieder auf meinen Schultern lasten und mir das Leben in New York zur Qual machen …

Vermutlich hatte ich noch nie so sehr das Gefühl, heimzukommen, wie in dem Moment, als wir das Ortsschild von Greenwater Hill passierten. Was seltsam war, denn ich hatte die letzten Jahre meines Lebens schließlich in Carlington gelebt.

Trotzdem fühlte ich mich hier mehr zu Hause. Hier wohnte Louise. Mein Lebensmittelpunkt war hier. Sie war meine Energiequelle, der Grund meines Herzschlags.

Ihr Haus lag bereits im Dunkeln, als wir ihre Straße erreichten. Die Außenleuchte schaltete sich durch den Bewegungsmelder ein, als sie den Wagen in die Einfahrt lenkte.

»Ich hoffe, du hast Hunger. Ich hab mich wieder einmal in der Küche versucht und hoffe, der Braten ist jetzt fertig.« Sie sah mich abwartend an.

»Da ist mehr als *dieser* Hunger, der gestillt werden muss.« Seit meiner Abreise nach New York sehnte ich mich nach ihr, nach ihrer Haut auf meiner, nach diesen Küssen, die mich alles vergessen ließen. Danach, morgens von ihrem Duft geweckt zu werden, wenn sie sich an mich schmiegte und ihre Haare meine Nase kitzelten. Gott, ich hatte sie so sehr vermisst …!

»Dann lass uns erst essen, und danach kümmere ich mich um den Rest.« Sie grinste und stieg aus. Für Hank öffnete sie die Heckklappe, und mit einem tiefen Schnauben sprang er aus dem Wagen, als ich meine Tasche von der Rückbank holte.

Es war ganz still um uns. Die Nacht hatte uns einge-hüllt, und das Einzige, was zu hören war, war Hanks Grunzen aus dem Wohnzimmer, als er träumte.

»Am liebsten möchte ich gar nicht einschlafen, son-dern jede einzelne Minute wach mit dir erleben und genießen«, sagte Louise leise.

»Diese Vorstellung gefällt mir.« Ich schmunzelte und streichelte langsam über ihren nackten Körper. »Aber ich befürchte, dass ich bald einschlafen werde. Ich bin einfach zu geschafft.«

Ich spürte, wie Louise an meiner Brust nickte, wäh-rend sie mit ihren Fingerspitzen sanfte Kreise auf mei-nen Bauch zeichnete. »Manchmal frage ich mich, was wäre, wenn du diesen Job nicht angenommen hättest«, gestand sie dann leise, und ihre Stimme klang belegt. »Ich will ihn dir nicht ausreden, und wenn es dich glücklich macht, soll es mich auch glücklich machen, aber …« Sie seufzte tief. »Ich will ehrlich sein: Es tut weh. Jeden Tag tut es so verdammt weh, dich nicht in meiner Nähe zu wissen. Mein Leben hier in Greenwater Hill hatte so unglaublich schön begonnen, aber seit du weg bist, ist es, als würde eine Hälfte von mir fehlen.«

Mehrmals schluckte ich gegen den Knoten an, der sich bei ihrem Geständnis in meinem Hals gebildet hatte. Zu gerne wollte ich ihr sagen, dass ich den Job in New York hasste. Dass er so ganz anders war, als ich es mir erhofft hatte. Dass ich die weiten Wälder und die Stille vermisste, die hier auf dem Land herrschte. Und am allermeisten fehlte mir Louise. Jede einzelne verdammte Sekunde, die ich auf der anderen Seite der Staaten verbrachte.

Doch ich konnte es ihr nicht sagen. Ich wollte ihr keine Hoffnungen machen, die ich nicht erfüllen konnte. Ich hatte meine Arbeitsstelle im Umzugsunternehmen aufgegeben – und klar, Mr MacTowell würde ihn mir sofort zurückgeben. Aber ich wollte nicht aufgeben. Nicht, nachdem ich endlich da angekommen war, worauf ich so lange hingearbeitet hatte.

Die Hoffnung, dass die neue Stelle irgendwann doch noch so werden könnte, wie ich sie mir immer vorgestellt hatte, wollte ich nicht aufgeben. Außerdem hatte ich immer noch die Möglichkeit, mir etwas anderes zu suchen. Etwas, was mich vielleicht nicht rund um die Uhr an den Schreibtischsessel binden würde. Eine Beschäftigung, die es mir erlauben würde, wieder glücklicher zu sein. Vielleicht sogar in Louises Nähe …

»Irgendwann werden wir wieder zusammen sein. So, wie wir es ganz am Anfang waren, hörst du?«, sagte ich leise, und tief in mir spürte ich, dass ich damit recht haben würde.

Doch von Louise kam keine Antwort mehr. Sie war eingeschlafen. Ich drückte sie an mich, hielt sie mit all meiner Liebe fest, und diesmal blinzelte ich die Träne, die mein gequältes Herz hervorpresste, nicht mehr weg.

Wir hätten an diesem Samstag ausschlafen können, doch kaum suchte sich die Sonne ihren Weg in das Schlafzimmer, wurde ich wach. Auch Louise rekelte sich und lächelte mich verschlafen an.

»Kaffee?«, fragte ich.

»Ich liebe dich«, antwortete sie und nickte.

»Bleib liegen, ich hol uns welchen.« Ich schob die Decke zur Seite und ging in die Küche.

Hank kam mit müdem Blick aus dem Wohnzimmer angetapst und blieb vor der Eingangstür stehen.

»Na gut, Kumpel, aber mach schnell und komm gleich wieder herein, hörst du?«

Er hechelte und trabte zur Wiese, kaum dass die Tür einen Spalt offen war. Während ich auf ihn und auf den Kaffee wartete, warf ich einen Blick auf mein Smartphone, das ich gestern auf den Esstisch abgelegt hatte. Ron hatte mir eine Nachricht geschickt.

Hey Mann, alles klar? Bist du jetzt dieses Wochenende hier? Bier in der Monkey Bar?

Ich musste grinsen. Er konnte es wirklich nicht erwarten, wieder voll einsatzfähig und ganz der Alte zu sein. Mit der Antwort wartete ich jedoch noch. Natürlich wollte ich meinen Kumpel gerne wiedersehen, aber ich wollte auch nicht die wertvolle Zeit mit Louise gegen einen Abend mit Ron tauschen und sie zu Hause lassen. Aber ob sie mitgehen würde, wusste ich nicht …

»Alles okay?« Louise schmiegte sich an meinen Rücken und legte ihre Arme um meine Mitte.

»Ja … sicher.« Ich legte das Handy wieder auf den Tisch. »Der Kaffee dauert noch. Willst du nicht im Bett warten?« Ich drehte mich zu ihr um und sah aus dem Augenwinkel, wie Hank wieder hereinkam und es sich müde auf seinem Platz bequem machte. So ein Faulpelz!

»Ich möchte einfach nur bei dir sein …«, murmelte sie in mein T-Shirt.

»Alles klar.«

Sie blinzelte zu mir hoch und hielt mich zurück, als ich mich von ihr lösen wollte, um den Kaffee in Tassen zu gießen.

»Irgendwas ist doch. Hör zu, wir haben vereinbart, dass wir darüber reden, wenn uns etwas auf dem Herzen liegt. Das ist jetzt, wo wir uns so selten sehen, noch wichtiger als zuvor.« Dabei sah sie mich eindringlich und mit zusammengekniffenen Augen an.

Ich holte tief Luft und nickte. Trotzdem brauchte ich erst Kaffee. Ich löffelte den Zucker in meine Tasse und reichte ihr ihre. Dann schloss ich die Haustür wieder, ging zurück ins Schlafzimmer und ließ mich ins Bett fallen. Louise schmiegte sich in meine Arme und gab mir Zeit, die richtigen Worte zu finden.

»Ron hat mir geschrieben. Er fragt, ob wir uns in der *Monkey Bar* sehen. Heute Abend.«

Sie wandte sich mir zu. »Aber das klingt doch prima. Und deswegen bist du jetzt so geknickt?«

»Na ja, ich … weiß nicht, ob …«

»Ob ich auch mitwill? Oder ob es mir recht wäre, wenn du dich alleine mit deinem Kumpel triffst?«

Betreten schwieg ich, indem ich meinen Mund mit Kaffee füllte.

»Meinetwegen musst du dir doch nicht den Kopf zerbrechen. Ich kann auch einen Abend alleine sein, immerhin sollst du ja auch weiterhin zu deinen Freunden hier Kontakt halten. Oder aber ich fahre mit, wenn es euch nicht stört, dass ich auch dabei bin. Ich verhalte mich auch ganz ruhig, versprochen.« Sie zwinkerte und brachte mich damit zum Schmunzeln.

»Dann sag ich Ron, dass wir heute Abend kommen werden. Aber dass du *jetzt* auch *kommen* wirst, das bleibt unser beider Geheimnis …« Ich nahm ihr die

Tasse aus der Hand, stellte sie gemeinsam mit meiner auf den Nachttisch und tauchte unter die Decke, zwischen ihre Beine.

Wenn doch nur jeder Morgen so beginnen könnte …

Es war seltsam: Wenn man eine Weile von zu Hause weg war, sah alles aus wie zuvor, und trotzdem fühlte man, dass sich etwas verändert hatte. Ich konnte nicht genau sagen, woran es lag. Vielleicht einfach an meiner allgemeinen Einstellung, die New York durch seine Schnelllebigkeit innerhalb der wenigen Wochen verändert haben musste. Ich konnte mich ja auch irren und die Leute hier auf dem Land waren schon immer bei allem so langsam und bedächtig gewesen – etwas, was ich in der Stadt viel zu wenig sehen konnte.

Auf jeden Fall hatte ich in New York noch nie einen Barkeeper beim Zubereiten eines Drinks so langsam arbeiten gesehen, dass ich am liebsten selbst hinter den Tresen gesprungen wäre, um ihm dabei zu helfen. Doch hier in Carlington in der *Monkey Bar* war es fast so weit. Ich hielt mich nur zurück, weil ich Ron kein Thema geben wollte, mit dem er mich hätte aufziehen können.

»Dann erzähl mal, wie läuft es in der großen Stadt.«

Ich holte tief Luft und ließ mein Telefon auf dem Tisch einmal im Kreis rotieren. Klar, ich freute mich sehr, meinen Kumpel zu sehen, aber ich hatte gehofft, er würde mich auf andere Gedanken bringen. Ich wollte nicht gleich wieder an New York denken, geschweige denn, darüber sprechen. Schon gar nicht neben Louise.

»Ganz in Ordnung so weit. Wie geht es deinem Fuß?«, lenkte ich deshalb ab.

»Ach, der ist schon wieder so gut wie neu. Kleinere Arbeiten kann ich schon wieder machen.«

»Sag nicht, du arbeitest schon wieder.« Überrascht sah ich ihn an, und auch Louise hob verwundert eine Augenbraue.

»Die meiste Zeit sitze ich im Büro und erledige den Papierkram der Jungs. Ist zwar echt nervig, aber wenigstens kann ich wieder raus.« Den letzten Satz flüsterte er hinter vorgehaltener Hand und sah sich danach kurz in der Bar um. »Meine Mutter bringt mich zur Weißglut.«

Sosehr ich es mir verkneifen wollte, ich konnte nicht anders und musste laut lachen. »Selbst schuld, wenn du mit fast vierzig noch bei deiner Mama wohnst.«

Er zuckte mit den Schultern. »Hast ja recht.« Das freche Grinsen konnte er sich dabei nicht verkneifen. »Aber im Gesamten überwiegen die Vorteile – trotz ihrer nervigen Art.«

»Jungs, entschuldigt mich kurz, dort drüben ist meine Chefin«, ließ Louise uns wissen. Sie sprang auf und eilte quer durch die Bar. Am anderen Ende, in einer dunklen Nische, konnte ich tatsächlich Clara Fontaine erkennen. Jetzt, da sie in diesem diffusen Licht an der Bar saß, mit Jeans und taillierter weißer Bluse, ärgerte es mich einmal mehr, dass ich sie damals nicht erkannt hatte, sondern für eine Schauspielerin oder zumindest eine Fremde auf der Durchreise gehalten hatte.

»Das ist die Chefin deiner Freundin? Louise arbeitet für die Bürgermeisterin von Greenwater Hill?« Ron sah mich überrascht an.

»Jep. Das tut sie.«

Ron pfiff durch die Zähne. »Nicht schlecht. Und wie läuft es mit euch beiden? Eigentlich dachte ich, du würdest entweder sofort zurückkommen oder den Kontakt zu ihr abbrechen und in New York bleiben.«

Ich trank von meinem Whisky Sour und lehnte mich auf dem Sessel zurück. Dann lachte ich sarkastisch auf.

»Was denkst du, wie oft ich mir darüber den letzten Monat den Kopf zerbrochen habe?«

»Und doch bist du heute hier und fliegst Sonntagabend wieder zurück«, stellte Ron fest und sah mich eindringlich an.

»Klingt verrückt, nicht wahr?« Noch einmal trank ich von dem scharfen Getränk und legte meinen Arm auf die Lehne.

»Lass mich raten: New York ist nicht so, wie du es dir erhofft hast. Hab ich recht?«

Wieder schnaubte ich auf. Ihm musste ich nichts vormachen. »Nicht nur New York. Der Job, die Leute ... nichts ist, wie ich es mir ausgemalt habe. Ich dachte, ich komme dort hin, habe einen lässigen Job, der mich fordert und Spaß macht. Doch alles, was ich habe, sind Rückenschmerzen vom vielen Sitzen und ...« Ich sah wieder zu Louise hin, die aufgeregt mit Clara plauderte.

»Heimweh? Liebeskummer?«, half mir Ron auf die Sprünge.

Doch statt ihm zu antworten, trank ich mein Glas leer.

»Ich will ja jetzt nicht klugscheißern, aber ... das ist Liebe, Mann ...«

»Liebe? Nein, Ron, das ist ein bisschen mehr als Liebe. Das ist ...« Ich schnaubte, suchte nach einem

Vergleich, aber mir fiel nichts Passendes ein. Das war verrückt und doch so ... gewaltig, dass ich regelmäßig über meine Gefühle staunte, weil ich nicht glauben konnte, dass man *so* empfinden konnte.

»Seelenverwandtschaft? Bestimmung? Vorhersehung des Schicksals? Die Kraft des Universums?«

Ich lachte. »Trink lieber etwas Hartes, Ron. Das Bier macht dich kitschig und verweichlicht dich.«

Dreizehn – Louise

Ron war ein netter Kerl und genauso humorvoll, wie ich ihn mir aus Noahs Erzählungen vorgestellt hatte. Er sah gar nicht mal so übel aus mit seinen verstrubbelten dunkelbraunen Haaren, den winzigen Lachfältchen um seine grünen Augen und dem leichten Bartschatten. Jetzt, wo ich ihn kennenlernen durfte, konnte ich noch weniger verstehen, wieso er noch keine Frau gefunden hatte. Und vor allem, wieso er nach wie vor bei seiner Mutter lebte …

So gerne ich auch neben Noah saß und seine Finger mit meinen verschränkt spürte, so wusste ich auch, dass die beiden etwas reden wollten, was nicht für meine Ohren bestimmt war. Ron sah immer wieder so seltsam zu mir hin, hatte einmal sogar ansetzen wollen, es sich aber im letzten Moment doch verkniffen.

Erst wollte ich mich für kleine Mädchen entschuldigen, doch dann erkannte ich Clara am anderen Ende der Bar. Ich mochte meine Chefin und hatte auch kein Problem, am Wochenende mit ihr zu plaudern. Also ging ich zu ihr.

Sie freute sich auch, mich hier zu sehen.

»Ich dachte immer, du meidest Carlington, soweit es irgendwie möglich ist.«

»Das tue ich auch.« Sie sah mich verschwörerisch an. »Aber diese Bar gehört meinem Cousin Bruce.« Mit einem Kopfnicken deutete sie zu dem bärtigen Kerl hinter dem Tresen und beugte sich dann zu mir. »Und Bruce hat vor ein paar Monaten Bürgermeister Swanson Lokalverbot erteilt. Gefällt dem schmierigen Kerl zwar nicht, aber da er mit seinen Barbesuchen in Kombination mit seinem Alkoholproblem hier regelmäßig für Streitigkeiten und sogar Schlägereien gesorgt hat, sah sich Bruce gezwungen, dem einen Riegel vorzuschieben.«

So langsam interessierte mich dieser Bürgermeister Swanson. Der schien wirklich ein Prachtkerl im negativen Sinne zu sein.

»Von diesem alten Scheißkerl lass ich mir nicht meine Bar zerlegen und Stammkundschaft verjagen. Schlimm genug, dass seine illegalen Glücksspiele im Hinterzimmer der Autowerkstatt stattfinden. Wenn Bill meint, er muss sich seinen Laden von dem Pisser versauen lassen, ist das sein Bier. Ich lass das nicht zu – erfolgreich, seit acht Monaten.«

Bruce zwinkerte mir zu und stellte ein Glas Bier auf den Tresen. »Geht aufs Haus. Hab schon viel von dir gehört, Louise. Weiter so!« Damit drehte er sich um und ging zum Tisch von Noah und Ron, wo er eine weitere Bestellung aufnahm.

Die neuen Informationen über Bürgermeister Swanson überraschten mich. Clara hatte mich zwar vor dem Typen gewarnt, aber dass er so übel war, damit hatte ich nicht gerechnet. Doch ich kam nicht dazu, mir lange darüber Gedanken zu machen.

Clara strahlte über das ganze Gesicht. »Übrigens habe ich heute erfahren, dass der Renovierung des alten

Restaurants nichts mehr im Wege steht. Die Einwohner von Greenwater Hill bekommen also mit dem *Greenwater Grill* bald einen neuen Treffpunkt.«

»Hugh hat meinen Vorschlag übernommen? Es wird tatsächlich *Greenwater Grill* heißen?«

Clara nickte begeistert. »Ja, der Name passt perfekt.« Sie prostete mir zu.

»Aber ist dir dein Cousin nicht böse, wenn Gäste aus Greenwater Hill von seiner Bar weggelockt werden?«

»Keine Angst, Bruce wird es verkraften. Er hat immerhin auch diejenigen, die auf der Durchreise nach Kanada sind. Und wir bekommen hoffentlich nicht nur unsere Leute dazu, das *Greenwater Grill* aufzusuchen, sondern vielleicht auch jene der umliegenden Städte. Ich hoffe sehr, dass unser Plan aufgeht und mitsamt dem Ausbau der Bäckerei zu einem Café der Startschuss für eine neue, bessere Zukunft gefallen ist.«

Bereits vor zwei Tagen waren die Entscheidungen wegen der Bäckerei getroffen worden, und Mr Landreth konnte es kaum erwarten, mit den Umbauarbeiten zu beginnen.

»Willst du dich mit zu uns setzen?«, bot ich Clara an, doch sie winkte ab.

»Nein, ich will euch nicht stören. Ihr habt euch so lange nicht gesehen. Da will ich nicht dazwischenfunken.«

»So ein Blödsinn, das tust du doch nicht. Ron ist auch da und … ehrlich gesagt ist mir ziemlich langweilig neben den Jungs. Klar, ich bin gerne bei Noah, aber ich befürchte, dass die Gespräche ziemlich einseitig werden könnten, wenn ich keine weibliche Verstärkung bekomme.«

Nun lachte sie. »Na, ich weiß nicht …«

»Alles klar bei dir?« Noah legte seine Arme um meine Mitte. »Schön, Sie zu sehen, Miss Fontaine. Wollen Sie sich nicht zu uns setzen?«, bot nun auch Noah an, was mich unglaublich freute.

»Nur, wenn Sie mich Clara nennen.« Sie lächelte ihn freundlich an und zwinkerte mir zu.

Wir unterhielten uns richtig gut. Ron gab einige Anekdoten aus seinem Job zum Besten, und auch Noah erzählte von ein paar skurrilen Situationen – zum Beispiel, wie ihnen bei ihren gemeinsamen Touren eine Frau völlig nackt die Tür geöffnet und sich herausgestellt hatte, dass sie Obfrau eines Nudistenclubs war.

»Das war echt gruselig. Sie war bestimmt schon weit über fünfzig, und auch ihr Mann lief nackt durch das Haus …« Ron schüttelte sich.

»Solange sie euch nicht dazu genötigt haben, euch auch auszuziehen.«

»Dann hätten wir den alten MacTowell den Job selbst erledigen lassen«, ließ uns Noah wissen, und sein Kumpel nickte kräftig.

»Das waren Zeiten … damals, als du noch dabei warst.« Ron wirkte richtig wehmütig. »MacTowell redet auch oft von dir. Ich bin mir sicher, er hätte dich gerne zurück.«

Ich schielte zu Noah und merkte, wie er sich verkrampfte. Ein wenig ahnte ich, dass ihm seine Arbeit in New York nicht gefiel, immerhin hatte er schon ein paarmal gesagt, dass sie ihn sehr fordere und er das ruhige Leben hier vermisse. Er hatte auch noch nie euphorisch von seinem Arbeitsalltag erzählt, so wie ich es tat. Oder wie er es jetzt tat, wenn er von seiner Arbeit im Umzugsunternehmen sprach ...

»Sollte ich New York hinschmeißen und ich einen Job brauchen, bist du einer der Ersten, der davon erfährt, Ron.« Er klopfte seinem Kumpel auf die Schulter und trank dann von seiner Cola.

»O Mann, meine Mutter ruft an«, stöhnte Ron in dem Augenblick und schnaubte verächtlich, als er auf sein vibrierendes Handy starrte. »Ich geh mal kurz vor die Tür.« Er griff nach seinen Krücken und humpelte nach draußen.

»Und ich muss mal für kleine Prinzessinnen«, entschuldigte ich mich. Das Bier tat seine Wirkung und wollte raus. Ich küsste Noah noch kurz, dann eilte ich auf die Tür zu, die die Toiletten kennzeichnete.

Als ich mir wenig später die Hände wusch und mein Make-up kontrollierte, beschloss ich, dass ich mit Noah noch einmal über seine Arbeit sprechen würde. Ich fühlte sehr deutlich, dass er dort nicht glücklich war, und das lag nicht nur an unserer räumlichen Trennung. Da war noch mehr, auch wenn ich nicht genau greifen konnte, was ihn quälte. Aber das musste ein Ende haben – für uns beide. Immerhin belastete es mich genauso und ließ mich regelmäßig die Nächte im Bett herumwälzen, ohne dass ich schlafen konnte.

Er sollte wissen, wie ich darüber dachte: dass er sich nichts beweisen musste – wenn es doch nicht sein Traumjob war, musste er nicht auf Biegen und Brechen dort bleiben. Es würde sich zukünftig sicher eine andere Chance für ihn ergeben. Ich wollte ihm sagen, dass es keine Schande wäre, würde er feststellen, dass die Arbeit nicht seinen Erwartungen entsprach. Und wenn Mr MacTowell ihn wieder einstellen würde, wäre es doch ein Leichtes, eine Entscheidung zu fällen …

Die Zeit arbeitete gegen uns. Der Sonntagnachmittag war viel schneller da, als es uns lieb war. Ich hatte Noah angeboten, ihn wieder zum Flughafen zu fahren, was er dankbar annahm. Hank brachten wir jedoch schon vorher zu Mrs Goldbutter. Es brach mir fast das Herz, als ich Noahs Gesichtsausdruck beim Verabschieden von seinem besten Freund sah, obwohl er sich ziemlich im Griff zu haben schien.

Je näher wir dem Flughafen kamen, umso weiter sank unsere Stimmung in den Keller. Deshalb versuchte ich, uns beide abzulenken, indem ich ihm von meinen Plänen fürs nächste Wochenende erzählte.

»Maya hat mich für nächsten Samstag eingeladen. Sie will grillen, und Dean und Ted werden auch da sein. Du erinnerst dich noch an ihren Bruder, den Polizisten, und seinen Kumpel, den Tierarzt?«

Zähneknirschend nickte Noah.

Oje, meine Taktik ging wohl nicht wirklich auf.

»Na dann … viel Spaß.« Er knurrte die Worte zwischen zusammengebissenen Zähnen, während er die Arme vor der Brust verschränkte.

»Ach, bitte sei jetzt nicht eifersüchtig, Schatz. Ich will weder was von Dean noch von Ted, ich liebe nur dich!«

»Darum geht es doch auch gar nicht. Ich … wäre nur auch gerne dabei. Du lebst hier dein Leben weiter, während ich in New York versauere.«

Er klang wütend und blickte stur aus dem Fenster.

Zu gerne hätte ich ihn in den Arm genommen, ihn getröstet. »Dann komm doch wieder zurück«, sagte ich leise und legte all mein Sehnen in diese Worte.

Mehr als einmal hatte ich mir vorgenommen, endlich mit ihm über dieses Thema zu reden, doch jedes Mal kam ich wieder davon ab, weil ich uns die wenigen gemeinsamen Stunden nicht vermiesen wollte.

Verärgert schnaubte er auf. »Das sagt sich so einfach. Ich hab schon eine Wohnung gefunden. Die liegt ganz in der Nähe meiner Arbeit. Ich hab bereits am Donnerstag zugesagt. Außerdem geht mit Montag mein Vertrag auf Probe in eine Festanstellung über. Ich will nicht meine Versprechen meiner Chefin gegenüber brechen. Sie hält viel von mir und meiner Arbeit …«

»Aber dir gefällt es dort nicht!«, unterbrach ich ihn ziemlich heftig und sah immer wieder von der Straße zu ihm, soweit es der Verkehr zuließ. »Du findest die Arbeit schrecklich, du findest New York zu laut und zu hektisch, du vermisst deine Freunde, Hank und mich. Warum um alles in der Welt willst du dich unglücklich machen, wenn du so ein schönes Leben in Carlington und Greenwater Hill haben könntest?«

Ich wusste, ich setzte alles auf eine Karte. Ich trieb ihn in die Enge, und es gab genau zwei Möglichkeiten, wie er darauf reagieren konnte. Entweder blieb er stur und beharrte auf seiner – meiner Meinung nach – so verkehrten Ansicht der Dinge, oder aber er sah endlich ein, dass niemand davon profitierte, wenn er sich weiter mit New York und seinem angeblichen Traumjob dort quälte.

Doch Noah reagierte anders. Er stützte sein Gesicht in die Hand, den Ellenbogen ans Fenster gelehnt, und redete nicht mehr mit mir, bis wir den Flughafen erreicht hatten.

Als wir ausstiegen und er die Abflughalle ansteuern wollte, hielt ich ihn zurück. Ich stellte mich vor ihn und suchte seinen Blick, doch er wich mir aus.

»Noah … bitte!«

Nur zögernd blickte er mich an. Seine Lippen hatte er fest aufeinandergepresst.

»Ich will mich nicht mit dir streiten. Schon gar nicht, wo wir so wenig gemeinsame Zeit haben.« Ich nahm seine freie Hand in meine und führte sie zu meinem Herzen. »Du weißt, ich liebe dich über alles und meine es doch nur gut mit dir. Immerhin sehe ich dir doch an, wie sehr du dich mit diesem Job abquälst, ich höre es bei jedem Tele…«

»Aber genau darum geht es ja!«, unterbrach er mich energisch und warf seine Tasche zu Boden. »Du hast mit allem recht! Mit all deinen Behauptungen hast du genau ins Schwarze getroffen! Ich hasse den Job, verdammt … so lange Zeit wollte ich *genau das* arbeiten, und jetzt sehe ich, wie verdammt scheiße diese Arbeit ist. Sie ist vielleicht der Traumjob von so manch anderem, aber meiner ist es nicht! Nicht mehr!« Er hob hilflos seine Arme und ließ sie wieder sinken. »Ich kenne viele, die von New York schwärmen – ich halte es nicht aus in dieser verdammten Stadt! Dieser Lärm, dieser Trubel, diese Unpersönlichkeit. Ich vermisse dich so sehr, und Hank! Ron und all die verrückten Kerle, mit denen ich bei *MacTowell's* gearbeitet habe. Ich vermisse Carlington und die *Monkey Bar*, und ich vermisse die Natur, die unsere beiden Städte umgibt. Und jede verdammte Sekunde frage ich mich, wieso ich so ein Idiot bin und an diesem Traum, der sich als Albtraum entpuppt hat, festhänge.«

Noah hatte sich richtig in Rage geredet. Er war hin- und her gelaufen, hatte sich die kurzen Haare gerauft. Seine Verzweiflung war ihm anzusehen, und trotzdem griff er jetzt wieder nach seiner Tasche. »Komm, ich muss meine Maschine erwischen.«

»Du willst trotz allem fort?«, fragte ich leise und kämpfte gegen die Tränen und die Verzweiflung an, die mich zu ersticken drohten.

»Ich muss …«, antwortete er resigniert und mit hängenden Schultern. »Ich bin es meiner Chefin schuldig.«

Damit ließ er mich stehen und überquerte den großen Parkplatz.

Verdammt, er war so ein Dickschädel! Und trotzdem war ich auch stolz auf ihn, dass er so verantwortungsbewusst war. Doch das half uns beiden nicht weiter, es brachte uns in unserer Beziehung nicht voran, sondern fühlte sich gerade wie eine Vollbremsung für mich an.

Ich war hin und hergerissen, überlegte, ob ich nicht sofort wieder in den Wagen steigen und fahren sollte, so traurig, wütend und enttäuscht war ich. Doch ich schaffte es nicht. Denn ein winzig kleiner Teil in mir verstand sein Handeln. Außerdem musste ich mich von ihm verabschieden, denn es würde erneut Wochen dauern, bis wir uns wiedersehen würden …

Hatte ich das letzte Mal gedacht, der Abschied würde mir schwerfallen, hatte ich nicht damit gerechnet, dass sich zu der alles verzehrenden Liebe zu diesem Mann noch Angst um ihn, weil er so unglücklich in New York war, und Wut mischen konnte und den Schmerz in meiner Brust vergrößern würden. Ich hasste seine Entscheidung, und doch verstand ich irgendwie, dass er für sich im Moment keinen Ausweg sah. Er hatte sich diesem Unternehmen verpflichtet, und Noah war nicht der Typ dazu, dass er alles einfach so aufgab und andere hängen ließ.

Wir umarmten uns lange, versuchten, so viel wie möglich vom anderen zu spüren, bevor so lange Zeit wieder das ganze Land zwischen uns liegen würde … Und auf der Fahrt zurück nach Greenwater Hill fühlte sich mein Herz so schwer an wie nie zuvor.

Die Tage gingen dahin, bestanden aus einer Masse an Arbeit und Schlaf. Ja, vielleicht übertrieb ich mit meinem Einsatz im Büro, aber andererseits brauchte ich diese Ablenkung. Und ich wollte Clara beweisen, dass Noahs Entschluss, doch in New York zu bleiben, meine Arbeitsleistung nicht mehr beeinflusste.

Mit Maya verbrachte ich die Wochenenden – wir sahen uns Liebesschnulzen an und ließen uns Pizzen bringen, oder wir fuhren in die *Monkey Bar*. Der Tapetenwechsel war bitter nötig, damit mir zu Hause nicht die Decke auf den Kopf fiel.

Inzwischen waren fünf Wochen seit Noahs Abreise vergangen. Ich vermisste ihn von Tag zu Tag mehr, und auch wenn wir regelmäßig telefonierten, fühlte ich, dass sich etwas veränderte. Wie sich Noah veränderte.

Er klang nicht mehr so geknickt. Er lachte wieder öfter, erzählte mir von Erlebnissen in seiner Freizeit: dass er zum Beispiel beobachtet habe, wie ein Mann am helllichten Tag eine ältere Frau habe ausrauben wollen, diese ihn jedoch mit ein paar gekonnten Karateschlägen zu Boden befördert und ihn so lange in Schach gehalten habe, bis die Polizei eingetroffen sei. Witzig fand ich auch die Vorstellung von der Frau im schicken Businesskostüm auf der 5th Avenue, die im Eilschritt mit einem Sandwich in der Hand die Straße entlanggehetzt sei und der gerade, als sie abbeißen wollte, ein Vogel auf das Brötchen gekackt habe.

Auch wenn ich selbst so etwas noch nie in Portland oder Seattle erlebt hatte, konnte ich mir gut vorstellen, dass in einer Millionenstadt wie New York minütlich Seltsames geschah.

Zwar freute ich mich für Noah, dass er sich inzwischen an die Stadt gewöhnte und mehr und mehr aufblühte. Doch ich wusste auch, was es für mich bedeutete: Es entstand eine Distanz zwischen uns, die wir vielleicht nie wieder überbrücken können würden.

Doch bevor ich den Teufel an die Wand malte, beschloss ich, unser nächstes Wiedersehen in eineinhalb Wochen abzuwarten. Vielleicht war alles nur halb so schlimm und wir würden unsere Wochenendzeit genauso verbringen wie die wenige gemeinsame Zeit zuvor. Ich wollte, nein, ich *musste* positiv denken!

Der Umbau des *Greenwater Grill* verlief weitestgehend reibungslos. Inzwischen stand die Eröffnung kurz bevor, und ich hatte mich in meinem Arbeitseifer auch noch freiwillig gemeldet, die Eröffnungsfeier zu organisieren. Keine Ahnung, welcher Teufel mich geritten hatte …

Jedenfalls steckte ich zusätzlich zu meiner üblichen Arbeit nun bis zum Hals in der Organisation dieses Festes. Zum Glück hatte mir Clara ihre Unterlagen von der Organisation des Brückenfestes zur Verfügung gestellt. Vieles konnte ich davon übernehmen. *The High* würde auch wieder spielen, und das Catering würde das *Greenwater Grill* selbst übernehmen.

Erst gestern hatte Clara mir im Vorbeigehen gesagt, dass sie nun auch einen jungen Geschäftsführer eingestellt hätten.

Bisher waren wir nur via E-Mail in Kontakt, und dieser verlief eher kurz und auf den Punkt gebracht – was nicht das Problem war, da ich sowieso keine Zeit für ausschweifende Korrespondenz hatte. Was mich aber auf die Palme brachte, war, dass ich nicht wusste, *wer* der Geschäftsführer war.

Anfangs hatte ich mich nur gewundert, dass er mit »Das Team des *Greenwater Grill*« unterschrieb. War ja auch ganz nett, wenn dieser Kerl für das ganze Team sprach. Doch bei manchen Firmen war es einfach nicht abgetan mit einer E-Mail à la »Ich leite Ihre Kontaktdaten weiter, der neue Geschäftsführer wird sich bei Ihnen melden«. Nein, die wollten doch tatsächlich seinen Namen wissen, und daraus wurde aus mir unverständlichen Gründen ein Geheimnis gemacht.

»Clara? Wie heißt noch mal der Geschäftsführer des *Greenwater Grill*?«, rief ich von meinem Schreibtisch aus durch die offene Tür ins Büro der Bürgermeisterin. Immerhin hatte sie die Einstellungsgespräche geführt – sie musste wissen, wer der Mann war.

»Ich … sag es dir später«, versprach sie. »Im Moment hab ich die Unterlagen nicht zur Hand und bin außerdem gerade mit der Lösung eines anderen Problems beschäftigt, Louise.« Ich hörte Papier rascheln.

»Also gut«, seufzte ich und griff nach meinem Autoschlüssel. »Dann fahre ich jetzt zum *Greenwater Grill*.«

Ich konnte ohne konkreten Ansprechpartner nicht weiterarbeiten, und da niemand ans Telefon ging, musste ich das jetzt selbst in die Hand nehmen. Ich hatte hier immerhin noch die Eröffnungsfeier zu planen und eine Stadt zu retten.

»Viel Spaß«, hörte ich Clara murmeln.

Mein Herz setzte kurz aus – ich war das letzte Mal vor zwei Tagen auf der Baustelle gewesen und hatte mich darauf verlassen, was mir der Fliesenleger und die Möbellieferanten am Telefon versichert hatten.

Irritiert und unruhig machte ich mich auf den Weg. Ich konnte nur hoffen, dass die Umbauarbeiten rechtzeitig zur Eröffnung fertig wurden …

Als ich am *Greenwater Grill* ankam, erwartete mich heilloses Chaos. Mehrere Lieferwagen parkten davor, ein paar Männer waren gerade dabei, das Schild über dem Eingang zu montieren. Die Maler strichen die Fassade, und laute Bohrgeräusche kamen aus dem Inneren. Überall herrschte hektisches Gewusel, und Arbeiter in Weiß und Blau eilten umher.

Na prima, und dazwischen sollte ich jetzt den Geschäftsführer ausfindig machen …

»Ich bin auf der Suche nach dem Chef«, rief ich einem der Männer zu, die auf den Leitern links und rechts der Tür standen.

Einer der Fliesenleger drängte mich zur Seite, als er in das Lokal hineinwollte, mehrere Packungen Bodenplatten in den Händen. »Weg da, Mädchen!«, knurrte er und keuchte.

Ich ärgerte mich, heute Morgen High Heels angezogen zu haben, die bestimmt ein Fall für den Müll sein würden, wenn ich von dieser Baustelle weggehen würde. Normalerweise trug ich an Tagen, an denen ich auf die Baustelle fuhr, immer meine alten Sneakers, oder hatte sie zumindest in meinem Wagen, doch heute standen sie auf meiner Terrasse zum Trocknen, da ich sie gestern gewaschen hatte.

»Ich bin der Chef«, meinte der Mann auf der Leiter, den ich angesprochen hatte. »Was willste denn?«, fragte er.

Er war bestimmt Ende fünfzig. Unter *jung* hatte ich mir eigentlich etwas anderes vorgestellt, aber vielleicht hatte Clara das auch nur ironisch gemeint?

»Ich … ähm … können wir uns kurz unter vier Augen unterhalten?«, fragte ich und sah mich um. Natürlich würde das schwierig werden bei so vielen Arbeitern.

Mit einem genervten Schnauben kletterte er die Leiter hinab. »Und Sie sind?«, fragte er, als er mir seine schmutzige Hand entgegenstreckte.

»Louise Foley. Ich bin diejenige, die die Eröffnungsfeier organisiert, und ich wollte fragen …«

»Ja, verdammt noch mal. Wir werden fertig bis Freitag. Meine Jungs schaukeln das Schiff schon. Heute noch, morgen noch, und dann packen wir unseren Krempel und sind weg.«

Ich stutzte. »Wie … weg?«

»Na, weg halt. Dann sehen Sie uns nie wieder. Meine Jungs leisten nämlich erstklassige Arbeit. Bei der Endabnahme bin ich dabei, und es gibt so gut wie keine Reklamationen. Dafür sorge ich.«

Kopfschüttelnd lauschte ich den Worten des Mannes. »Tut mir leid, ich stehe wohl auf dem Schlauch …

Können Sie mir noch einmal Ihren Namen nennen?«, versuchte ich es auf die Tour.

Der Mann wischte sich seine Hände an der schmutzigen Latzhose ab und fischte dann eine Visitenkarte aus seiner Brusttasche. »George Wilson, von *Wilson & Wilson Electrics*. Der Chef dieser Jungs.« Er deutete auf die Männer in Arbeitskleidung. »Zumindest von einem Teil der Arbeiter. Die in Blau gehören zu mir.«

Er sagte es mit stolzgeschwellter Brust.

»Okay, tut mir leid, ich habe Sie verwechselt.« Bisher hatte ich nur mit einem Harry Wilson gesprochen, der vielleicht sein Bruder oder Cousin war. Diesen Mann sah ich heute zum ersten Mal. »Ich suche den Geschäftsführer des *Greenwater Grill*. Können Sie mir sagen, wo ich ihn finde?«

»Ach so den, klar. Der ist drinnen in der Küche und wirft ein Auge auf den Einbau der Geräte. Arroganter Kauz, denkt wohl, er kann meinen Männern nicht vertrauen.« Dann drehte er mir den Rücken zu und kletterte wieder die Leiter hoch.

Ein letztes Mal sah ich nach unten auf meine hübschen Peeptoes, die ich eigentlich auch im Sommer hatte tragen wollen. Aber vermutlich würden sie jetzt ihren letzten Gang haben, vor allem, wenn ich den Schmutz sah, der auf der Plane klebte, mit der der Boden abgedeckt war. Mir blieb aber nichts anderes übrig, also stöckelte ich hinein, darauf bedacht, den großen Schuttklumpen und Fliesenkleber- sowie Farbklecksen auszuweichen.

Die Küche lag im linken hinteren Teil des Gebäudes. Ich ging an den Männern mit den Bohrmaschinen vorbei und hoffte, dass nichts von der hellbeigen Wandfarbe auf meinem dunkelvioletten Frühlingskleid landen würde. Zumindest das sollte diesen ungeplanten Ausflug heil überstehen …

Als ich um die Ecke bog, blitzten mir riesige Schränke, Türen und Dunstabzugshauben aus Edelstahl entgegen. Mehrere Männer in blauer Arbeitskleidung riefen durcheinander und gaben sich gegenseitig Anweisungen. Doch einer unter ihnen stach heraus – und das nicht nur wegen seines schwarzen T-Shirts mit dem Logo des *Greenwater Grill* auf seinem Rücken …

»Noah …?«, fragte ich fassungslos.

Fast glaubte ich daran, dass mir meine Sinne einen Streich spielten. Oder dass sich meine Augen noch nicht von dem strahlenden Sonnenschein draußen an das doch etwas diffuse Licht hier drinnen gewöhnt hatten und mir somit etwas vorgaukelten, das nicht wirklich da war.

Doch als er meine Stimme hörte, drehte er sich um und sah mich überrascht an.

Vierzehn – Noah

»Louise? Was machst du denn hier?« Mein Herz pochte so kräftig in meiner Brust wie vor vier Tagen noch die Presslufthammer an der Wand, als ich zum ersten Mal diese Baustelle betreten hatte. Ich konnte es nicht fassen, dass sie hier stand – inmitten des *Greenwater Grill* – und mich ansah, als hätte sie einen Geist gesehen. Andererseits war es ihr nicht zu verübeln …

Sofort ging ich auf sie zu und nahm sie in meine Arme. Ohne zu überlegen, küsste ich sie, als wären wir völlig alleine und nicht von mindestens zwanzig Arbeitern umgeben, die diese Szene bestimmt belustigt verfolgten.

Als ich sie wieder losließ, schüttelte sie irritiert den Kopf. »Was *ich* hier mache? Die Frage ist wohl eher, was *du* hier machst! Ich dachte, du bist in New York … Was …« Sie drehte mich um und zog am Saum meines T-Shirts, um den Aufdruck genauer unter die Lupe zu nehmen. »*Greenwater Grill*? Wieso? Wann …«

»Komm mit.« Ich zwinkerte ihr zu, knurrte noch über meine Schulter ein strenges »Weitermachen« und zog sie dann hinter mir her in die warme Frühlingssonne. »Lass uns dort drüben auf die Stühle setzen.«

Ich zeigte auf einen Lkw, der eben angekommen sein musste. Der Fahrer stieg gerade aus, ein Klemmbrett unter dem Arm, während der zweite bereits begonnen hatte, die ersten Möbel auszuräumen.

»Stellt doch bitte alle Möbel in den *rechten* Teil des Lokals.« Mit einer kurzen Handbewegung verdeutlichte ich ihnen, welche Hälfte ich meinte.

»Okay. Und Sie sind?«, fragte der Fahrer gelangweilt.

»Noah Baker. Geschäftsführer des *Greenwater Grill*.« Und es klang immer wieder genial, es auszusprechen. Ich konnte nicht anders, als dabei breit zu grinsen und mein Kinn vor Stolz zu recken.

»Alles klar, dann unterschreiben Sie bitte hier, dass Sie die Ware erhalten haben.« Er hielt mir das Klemmbrett entgegen, auf dem ich unterschrieb. Dann schnappte ich zwei der Stühle, stellte sie etwas abseits in die Sonne und bot Louise einen Platz an.

Als sie saß, sah sie sich noch einmal um, ehe sie mich fragend ansah. Sie runzelte die Stirn. »Geschäftsführer? Seit wann …? Und wieso weiß ich nichts davon? Wie lange bist du schon hier? Und wann hattest du vor, es mir zu sagen?«

Die Fragen sprudelten nur so aus ihr heraus.

Es war nicht leicht gewesen, dieses Geheimnis zu bewahren. Mehr als einmal musste ich mir auf die Zunge beißen, wenn wir telefonierten, aber es hing einfach viel zu lange in der Schwebe. Ich wollte es ihr erst sagen, als ich mir zu hundert Prozent sicher sein konnte. Und als ich dann tatsächlich von einem Tag auf den anderen in New York meine Zelte abreißen konnte, weil Mrs Rockefeller für meine Stelle im *New Eden* einen Ersatz für mich gefunden hatte, der zu meinem Glück auch gleich meine Wohnung übernehmen wollte, hatte ich keinen Plan, wie ich Louise das alles hätte beibringen sollen.

Eigentlich wollte ich heute Abend zu ihr kommen und ihr die Neuigkeit erzählen … Ich hatte es mir schön vorgestellt: Sie würde mir völlig überrascht die Tür öffnen, mir um den Hals fallen, und ich würde ihr dann von meiner Planänderung erzählen. Dass sie mich hier überraschte, stieß mich kurz ins kalte Wasser, da ich nun völlig unvorbereitet vor ihr stand, aber nichtsdestotrotz freute ich mich, dieses Geheimnis nicht länger mit mir herumzutragen.

Ich nahm ihre Hände in meine und sah ihr tief in die Augen. Denn ich wollte, dass sie verstand, dass es keine Minute meine Absicht gewesen war, sie mit meiner Geheimniskrämerei zu kränken.

»Du erinnerst dich daran, als wir mit Ron in der *Monkey Bar* waren? Als er nach draußen ging, um zu telefonieren, und du auf der Toilette warst?«

Sie überlegte kurz, dann nickte sie, während sie an ihrer Unterlippe nagte.

»Nun, in dieser kurzen Zeit hat Clara mir diesen Job angeboten. Ich bat deine Chefin um Stillschweigen dir gegenüber. Ich wollte dir keine falschen Hoffnungen machen. Was, wenn ich doch nicht so schnell von New York wegkommen würde wie gehofft und jemand anderes den Job des Geschäftsführers und Küchenchefs im *Greenwater Grill* übernommen hätte?«

Louise runzelte die Stirn, doch ich redete einfach weiter. »Ich habe mir viele Gedanken darüber gemacht, was du mir vor meiner Abreise gesagt hast. Und das Angebot von Clara stand im Raum. Also bat ich Misses Rockefeller gleich am ersten Tag, als ich wieder zurück war, um ein Gespräch.« Ich seufzte tief und hoffte so sehr, dass Louise verstand, was ich ihr sagen wollte. Hoffte, dass sie mir meine Geheimniskrämerei nicht übel nahm, doch ihr Gesicht verriet mir nichts über ihre Gedanken.

»Meine Vorgesetzte war natürlich nicht begeistert, aber sie sagte auch, sie hätte geahnt, dass ich mich in dem Job nicht hundertprozentig glücklich fühlte. Zu meinem Glück hat sich bald ein Nachfolger gefunden. Er konnte für kurze Zeit in ihrer Wohnung wohnen – so, wie sie mir das angeboten hatte –, bevor er mit meiner Abreise meine gemietete Wohnung übernahm. Und jetzt bin ich seit vier Tagen wieder zurück.«

Ich versuchte mich an einem Lächeln, doch Louise sah mich immer noch völlig ausdruckslos an. Gedanklich flehte ich sie an, dass sie etwas sagen sollte. Ihr Schweigen machte mich verrückt …

»Das bedeutet also, dass du seit Wochen wusstest, dass du zurück nach Greenwater Hill kommst? Und dass du bei meinem letzten Baustellenbesuch vor zwei Tagen auch hier warst?« Ihre Stimme war ruhig und wirkte fast ein wenig kalt.

O Mann, was hatte ich da bloß angerichtet …?

»Na ja … also … genau genommen schon, aber vorgestern war ich nur am späten Nachmittag im *Greenwater Grill* …«

Sie stand auf, und zum ersten Mal zeigten sich Emotionen in ihrem Gesicht. Aber leider nicht – wie erhofft – Freude.

»Weißt du eigentlich, wie ich mich jetzt fühle?«, giftete sie mich an.

Ich wollte mich erheben, aber ihre gekränkt klingenden Worte drückten mich zurück in den Sessel.

»Wie ich mich die letzten *Wochen* gefühlt habe, als du in New York mehr und mehr aufgeblüht bist … Ich dachte ehrlich, du würdest dort drüben glücklich werden. Ich dachte, ich würde dich verlieren. Mit jedem Lachen, jeder lustigen Erzählung … dachte ich …«

Sie hielt ihre Hände ans Gesicht, wendete sich von mir ab, ehe sie sich erneut zu mir drehte, mit noch mehr Schmerz in ihrem Blick. »Noah, ich weiß gerade gar nicht, wie ich mit dieser Neuigkeit umgehen soll. Natürlich, einerseits freue ich mich, dass du wieder da bist, aber … die Art, wie du es angestellt hast … Wenn ich daran denke, dass sogar meine Chefin eingeweiht war …«

»Clara hat damit nichts zu tun. Ich hab sie nur gebeten, dir nichts zu verraten, da ich es dir selber sagen wollte …« Meine Stimme versagte fast. Mein Herzschlag hatte sich noch immer nicht beruhigt. Ich wusste, ich bewegte mich auf dünnem Eis, und ich konnte mit einem schlecht gewählten Wort vielleicht alles endgültig zerstören.

In Louises Augen glitzerten Tränen, die sie mit zum Himmel gerichteten Blick wegzublinzeln versuchte.

»Ehrlich, ich … mir ist das gerade einfach zu viel. Ich fühle mich verletzt und veräppelt. Vielleicht hast du das ja nicht getan, aber für mich ist es, als hättest du dich über mich lustig gemacht. Ich meine, wer wusste denn noch von deiner Entscheidung? Ron? Maya?«

»Nein, Louise, ich schwöre, dass außer Clara niemand davon wusste. Gut, Misses Goldbutter musste ich natürlich informieren wegen Hank. Ich wollte dich heute Abend besuchen und dir alles erzählen. Ich … will dich nicht verlieren … bitte!«

Doch sie schüttelte den Kopf, als sie rückwärts ein paar Schritte von mir wegmachte.

»Vielleicht reagiere ich gerade übertrieben, Noah. Aber ich brauche jetzt einfach Zeit, das alles zu verarbeiten. Bitte, komm heute Abend nicht zu mir!«

Dann drehte sie sich um und lief zu ihrem Wagen, den sie auf der anderen Straßenseite geparkt hatte, und fuhr weg.

Es kostete mich all meine Überwindung, nicht aus dem Wagen zu steigen und an ihre Haustür zu klopfen, als ich spätabends auf dem Nachhauseweg bei ihr hielt. So hatte ich mir das alles nicht ausgemalt.

Wieder und wieder ging ich im Kopf alles durch, und ja, klar, ich hätte vielleicht schon früher etwas zu ihr sagen sollen, aber ich wollte einfach den perfekten Zeitpunkt abwarten … und hatte ihn so was von verpasst.

Dass sie nun verletzt und gekränkt war, konnte ich ihr nicht einmal übel nehmen. Verdammt, was war ich doch für ein Idiot!

Mit der flachen Hand schlug ich aufs Lenkrad, startete den Motor wieder und fuhr nach Hause. Wenigstens Hank nahm mir meine Rückkehr nicht übel – *er* wusste aber auch seit Beginn davon. Ihm hatte ich nichts verheimlicht.

Trotzdem war mein schlechtes Gewissen auch ihm gegenüber noch einmal gewachsen, als ich später auf meiner Couch lag und er danebensaß, seinen Kopf auf meinen Bauch gelegt. Dabei sah er mich so unglaublich traurig und vorwurfsvoll an, als ich ihn hinter den Ohren kraulte, dass mir ganz anders wurde.

Auch Clara Fontaines Anruf am späten Abend trug nicht dazu bei, dass ich mich besser fühlte.

»Noah, ich gehe davon aus, dass ihr euch ausspreche konntet?«, begann sie ohne Umschweife.

Ich seufzte tief und nickte erst, bevor ich ihre Frage bejahte.

»Gut.« Sie atmete erleichtert aus. »Diese Geheimniskrämerei hat mir gar nicht gefallen, und das weißt du auch. Ich freue mich für euch, dass ihr dieses Thema endlich hinter euch habt. Wir sehen uns spätestens am Freitag zur Eröffnung.«

»Genau. Freitag«, murmelte ich, ehe wir uns auch schon wieder verabschiedeten.

Hank schnaubte tief, duckte sich unter meiner Hand hervor und legte sich in sein Bettchen. Den anklagenden Blick hielt er trotzdem weiterhin auf mich gerichtet.

»Ich weiß ja, dass ich Mist gebaut habe«, erklärte ich ihm. Dabei konnte ich nur hoffen, dass Louise und ich spätestens bis zur Eröffnungsfeier alles zwischen uns würden klären können. Denn ich wusste nicht, wie ich bei diesem Fest beste Laune haben sollte, wenn ich innerlich bei ihrem Anblick zerbrach. Und sie würde bestimmt dort sein, war sie doch die Organisatorin des Eröffnungsfestes.

Nachdenklich drehte ich mein Smartphone zwischen den Fingern, als eine Nachricht einging.

Sie war von Louise, und sofort begann mein Herz zu rasen und ich hörte das Blut in meinen Ohren rauschen. Angespannt setzte ich mich auf, ehe ich ihre Nachricht las.

Können wir uns morgen Abend nach der Arbeit unterhalten?

Wann immer du willst. Soll ich zu dir kommen?

Ihre Antwort dauerte ein paar Minuten, die sich für mich wie Stunden anfühlten. Doch dann vibrierte mein Telefon erneut.

Bitte. Und bring Hank mit.

Klar, mach ich. Der Dicke vermisst dich ebenfalls, und er hat mir heute auch schon Vorwürfe gemacht, weil ich so ein Idiot war …

Ihre Antwort war ein Smiley mit fröhlichem Gesicht, was ich zumindest in meiner derzeitigen Lage als Erfolg verbuchen wollte. Also war nicht alles verloren …

Am nächsten Tag war es immer noch ziemlich hektisch auf der Baustelle. Einige der Arbeiter waren gestern noch bis spätabends mit mir dort geblieben und hatten wirklich hart gearbeitet. Doch jetzt waren die Fliesen verfugt, die Wände fertig gestrichen und die Beleuchtung funktionierte. Die fehlenden Barelemente sollten heute geliefert werden, und die Putzkolonne war schon fleißig im Einsatz. Währenddessen führte ich die letzten Vorstellungsgespräche dieser Woche und hatte schon ein super Team zusammengestellt. Der planmäßigen Eröffnung am Freitag stand also nichts im Wege.

Je näher jedoch der Abend kam, umso mehr sackte meine Euphorie gen Boden und desto nervöser wurde ich. Bald würde sich entscheiden, ob ich mir bei Louise mit meiner blöden Geheimniskrämerei alles verbockt hatte …

Als ich meinen Wagen abends in ihrer Einfahrt parkte, und das Licht der Außenlaterne den Weg in sanftes Licht tauchte, war ich froh, dass ich Hank mitgenommen hatte. Er würde mir helfen, meine Nervosität und meine Angst, Louise zu verlieren, im Zaum zu halten.

Noch bevor ich den Klingelknopf drücken konnte, öffnete sie uns die Tür.

»Hey!« Sie lächelte unsicher und ließ uns eintreten. Hank bekam kräftige Streicheleinheiten von ihr, ehe er erst in die Küche trabte, dann seine Runde um den Esstisch zog. Als er festgestellt hatte, dass nichts auf dem Boden lag, das er fressen konnte, legte er sich in das Bettchen im Wohnzimmer.

»Kaffee?«, fragte Louise, und ich stieß die angehaltene Luft aus. Mehr Begrüßung als ihr »Hey« gab es also heute nicht. Es tat weh, und gleichzeitig betrachtete ich es als Strafe für mein bescheuertes Verhalten.

»Gerne.« Meine Stimme brach fast weg. Unsicher schob ich die Hände in die Gesäßtaschen meiner Jeans und folgte ihr in die Küche.

»Ich hab schon welchen gekocht, da ich mir dachte, ihr würdet jeden Moment kommen, und … ich hoffte, du trinkst vielleicht einen mit mir.«

Louise war offensichtlich genauso aufgewühlt wie ich. Sie wischte sich die Handflächen an ihrer Jeans ab und reckte sich nach »unseren« Tassen in dem Regal. Währenddessen griff ich nach der Zuckerdose und starrte dabei auf das kleine Stück nackter Haut zwischen ihrer Jeans und dem T-Shirt.

»Also … dann wird alles fertig?«, erkundigte sie sich, als sie meine Tasse auf den Esstisch stellte und sich mit ihrer in den Händen rücklings an der Arbeitsfläche anlehnte.

»Ja. Für morgen Vormittag habe ich eine Besprechung einberufen. Wir werden das Geschirr einräumen und die Lebensmittel verstauen, und mittags kochen wir zum ersten Mal im Team. Ein wenig aufgeregt bin ich zwar deswegen, aber ich denke, ich habe hochqualifizierte Leute an meiner Seite.«

Louise sah mich interessiert an, und für eine Sekunde vergaß ich, dass zwischen uns nicht alles so war wie immer. Auch ihr schien es ähnlich zu gehen, denn sie lächelte mich warmherzig an, ehe sie blinzelte und meinem Blick dann auswich.

Das sollte so einfach nicht sein. Wir mussten endlich darüber reden, und ich wollte den Anfang machen. Ich faltete meine Hände vor dem Mund und legte beide Zeigefinger an die Lippen. Erst zögerte ich, dann nahm ich Louises Hände in meine, als bräuchte ich diese Verbindung zur Beruhigung von uns beiden.

»Bitte, sei mir nicht böse, dass ich dir nicht sofort die volle Wahrheit gesagt habe«, begann ich dann. »Als du mich damals zum Flughafen gebracht hast, war ich wirklich noch fest davon überzeugt, den Plan durchzuziehen und alles daranzusetzen, dem Job in New York Herr zu werden. Und das, obwohl ich bereits dieses Jobangebot in der Tasche hatte.«

Wenn ich an diese Zeit vor fünf Wochen zurückdachte, fühlte es sich an, als wäre es Teil einer düsteren, weit entfernten Vergangenheit. Kaum zu glauben, dass sich innerhalb so kurzer Zeit meine Laune und mein Leben wieder um hundertachtzig Grad gedreht hatten – und nun trotzdem mein Herz so schmerzte. »Doch kaum war ich in New York angekommen, wusste ich, dass ich so nicht weitermachen konnte. Ich hätte mich damit zerstört und alles aufs Spiel gesetzt, was mich glücklich macht.«

Mein Herz tat weh bei der Erinnerung an diese Gefühle von damals, und ich sah Louise tief in die Augen, damit sie verstand, wie wichtig diese Entscheidung für mich war.

»Ich wusste, wenn ich bleiben würde, würde ich alle verlieren, die mir etwas bedeuteten. Ich würde dich verlieren – und das konnte ich nicht zulassen.« Ich atmete tief aus und trank von meinem Kaffee. »Aber dadurch, dass ich auf den richtigen Moment warten wollte, um es dir zu erzählen, hab ich nur alles schlimmer gemacht ...«

Ich lehnte mich vor und fixierte sie mit meinem Blick. »Ich will, ich kann dich aber nicht verlieren, Louise. Ich liebe dich, wie ich noch nie jemanden geliebt habe, und ich weiß, dass du für mich die Eine bist. Also bitte ... gib mir eine Chance, meinen blöden Fehler wieder gutzumachen.«

Louise sah mich schweigend an, und ihre Mimik ließ keine Deutung ihrer Gedanken und Gefühle zu.

Schon wieder.

Fuck, wie ich das hasste!

»Sag doch was«, flehte ich sie stumm an, doch sie schloss nur ihre Lider.

Scheiße, ich hatte es endgültig verbockt!

Ich vergrub das Gesicht in meinen Händen. Ich hatte wirklich gehofft, Louise wäre nach diesem Treffen, bei dem ich ihr noch einmal klarmachen wollte, dass es nicht in meiner Absicht gelegen hatte, sie zu verletzen, so verständnisvoll und könnte meine Beweggründe nachvollziehen.

Die einzige Frage, die jetzt blieb, war: Sollte ich warten, bis sie mich hinauswarf? Oder sollte ich gleich gehen und die bittere Suppe auslöffeln, die ich mir eingebrockt hatte?

All die Leichtigkeit, die ich gefühlt hatte, seit ich wieder hier war, wurde seit ihrem Auftauchen im *Greenwater Grill* mit aller Kraft zu Boden gedrückt, und es kam mir vor, als gäbe es nichts, das dem entgegenwirken konnte …

»Noah?«

Louises Stimme klang sanft. Das war zumindest ein gutes Zeichen.

Verunsichert blinzelte ich zwischen den Fingern durch und schielte zu ihr hin. Doch sie sah nicht verärgert aus, sondern lächelte zaghaft.

Langsam richtete ich mich auf.

»Ich … vergebe dir, Noah. Ja, du hast mich verletzt, aber nicht mit Absicht. Du hast dich entschuldigt, und ich sehe, dass es dir wirklich leidtut.«

»Du bist mir nicht mehr böse?«, fragte ich noch einmal nach, um mich zu vergewissern.

Ganz langsam schüttelte sie den Kopf. »Ich liebe dich, Noah«, sagte sie dann und lächelte mich an. Ja, sie lächelte tatsächlich!

»Du liebst mich immer noch?« Ich konnte mein Glück gar nicht fassen.

»Ich liebe dich, obwohl du mich angelogen hast und mich mit dem Gefühl der Machtlosigkeit und des Alleinseins hast zurechtkommen lassen. Dafür müsstest du eigentlich bestraft werden … Da fällt mir sicher etwas ein.« Kurz grinste sie mich frech an. »Aber in erster Linie bin ich unglaublich erleichtert und glücklich, dass du tatsächlich wieder hier bist«, sagte sie mit ernstem Gesicht.

»So sieht das also bei dir aus, wenn du *unglaublich glücklich* bist?« Ich lachte kurz irritiert auf.

»Hey, mir sitzt der Schock immer noch in den Knochen. Es wird noch eine Weile dauern, bis ich verstehe, dass du tatsächlich für immer hierbleibst und nicht mehr nach New York gehst«, sagte sie und stand auf.

Ich erhob mich ebenfalls und ging auf sie zu. »Es tut mir ehrlich leid, und ich will es auf jeden Fall wiedergutmachen.«

Sie drückte sich fest an mich und verschränkte ihre Hände in meinem Nacken.

Wie gut es tat, sie so nah bei mir zu spüren … Endlich fühlte ich mich wieder vollständig und geerdet.

»Das bedeutet also, dass du heute Nacht bei mir schläfst.«

»Das klang nicht nach einer Frage«, stellte ich belustigt fest.

»Das war es auch nicht.« Sie zwinkerte mir zu, doch dann fiel ihr noch etwas ein. »Was sagt eigentlich Misses Goldbutter zu deiner Rückkehr? Sie hat sich bestimmt schon sehr an Hank gewöhnt.«

»Das stimmt. Hank wird ihr bestimmt fehlen. Aber ich kann ihn ja bei ihr lassen, wenn ich arbeite. Das haben wir immerhin vor New York auch schon so gehandhabt …«

»Das freut mich für dich … für euch alle.«

Sie seufzte noch einmal tief, dann strahlte sie mich an, und endlich küsste sie mich. So, als ob wir uns eine halbe Ewigkeit nicht gesehen hätten – was ja eigentlich auch stimmte. Und zum ersten Mal seit meinem

Vorstellungsgespräch in New York fühlte sich alles wieder richtig an. Mein Leben war wieder im Gleichgewicht, und das war verdammt noch mal höchste Eisenbahn gewesen.

Louise packte mich unvermutet an der Hand und sah mir tief in die Augen. »Du darfst gleich damit anfangen, es wiedergutzumachen.« Dann zog sie mich hinter sich her Richtung Schlafzimmer. »Du musst unbedingt auch in der Küche Jalousien montieren, um neugierige Blicke von draußen fernzuhalten«, murmelte sie noch.

Als Antwort nickte ich nur, was sie gar nicht sehen konnte, da sie vor mir lief. Aber als sie sich im Schlafzimmer angekommen zu mir umdrehte, mich leidenschaftlich küsste und mein T-Shirt nach oben zerrte, hätte ich vermutlich alles getan, was sie von mir verlangte. Weil ich einfach verrückt nach ihr war, weil ich sie liebte wie nie jemanden zuvor und weil sie die Erfüllung all meiner Träume war. Erst mit ihr fühlte ich mich komplett, und zu meinem Glück war ich so schlau gewesen, das gerade noch rechtzeitig zu erkennen.

Fünfzehn – Louise

Hätte ich länger auf Noah böse sein sollen? Ich konnte das nicht. Womöglich wäre das einfach nur kindisch gewesen. Ich wusste, aus welchen Motiven er so gehandelt hatte. Wäre ich an seiner Stelle gewesen, wer weiß, was ich getan hätte. Vermutlich hätte ich einen ähnlichen Weg gesucht wie er – nämlich den Menschen, den ich liebte, möglichst wenig zu verletzen.

Okay, ich wäre wahrscheinlich bereits am ersten Tag nach der Rückkehr vor seiner Tür aufgetaucht, aber schlussendlich zählte für mich nur noch, dass er hier war. Bei mir. Und diese Tatsache durchströmte mich so sehr mit Glück, dass die Enttäuschung über sein Zögern bald hinweggespült war.

Und mal ehrlich, ich wäre wirklich bescheuert gewesen, nachtragend zu sein. Ein weiteres Mal wollte ich meine große Liebe nicht verlieren – wir konnten jetzt zusammen sein, das war alles, was noch zählte.

Die Eröffnung des *Greenwater Grill* schien ein voller Erfolg zu werden. Sogar aus den umliegenden Städten kamen die Leute, um das neue Lokal in Augenschein zu nehmen. Auch Bruce hatte für diesen einen Tag seine *Monkey Bar* geschlossen, denn auch er wollte bei diesem Ereignis dabei sein.

The High gaben ihr Können zum Besten und sorgten für perfekte musikalische Unterhaltung mit einer Mischung aus wildem Rock 'n' Roll und sanften Countryklängen. Als hätten sie ihre Songs passend zum *Greenwater Grill* gewählt, das mit der aufwendigen Lichtinstallation sowie den großen Holztischen und den dazu passenden Lederbänken und -stühlen unglaublich gemütlich aussah. Und ich war mir sicher, dass sich in Zukunft auf der kleinen Tanzfläche zu später Stunde das eine oder andere verliebte Paar näherkommen würde …

Es war für jeden Geschmack etwas dabei – die Bar lud zu gemütlichen Abenden und lustigem Beisammensein ein, das Restaurant hatte viele Gerichte für den kleinen oder großen Hunger zu bieten, und die Flachbildfernseher, die über dem Bartresen und in den Ecken installiert waren, würden an Abenden mit großen sportlichen Ereignissen dafür sorgen, dass im *Greenwater Grill* viele zusammenkamen und gemeinsam für die Lieblingsmannschaft fieberten.

Noah hatte ich, noch bevor die offizielle Eröffnung stattfand, in der Küche besucht. Dort herrschte eine hektische, aber ausgelassene Stimmung, und er hatte sein Team gekonnt im Griff. Natürlich ließ er es sich auch nicht nehmen, selbst Hand anzulegen und die Pfannen und Kochlöffel zu schwingen. Und er und sein Team hatten sich selbst übertroffen: Die kleinen Häppchen, die einige Zeit später, als die Gäste eintrafen, serviert wurden, sahen nicht nur unglaublich lecker aus, sondern schmeckten auch himmlisch.

Für den morgigen Abend war das *Greenwater Grill* ab acht Uhr für ein fünfgängiges Galadiner reserviert, zu dem die Bürgermeisterin höchstpersönlich alle einflussreichen Personen und wichtigen Geschäftsleute geladen hatte – natürlich nicht nur, um den neuen Treffpunkt noch einmal zu bewerben, sondern auch, um nach möglichen Investoren und Interessenten für weitere, sich in der Planung befindliche Projekte wie etwa der Outdoorkletterpark und die Hotelanlage am Columbia River Ausschau zu halten. Und zu unser aller Freude waren sämtliche Einladungen angenommen worden und die Tische für das abendliche Event voll besetzt.

Selbstverständlich hatten es sich Hugh Ward, der neue Inhaber des *Greenwater Grill*, und seine Freundin Chloe nicht nehmen lassen, ebenfalls zur Eröffnung extra aus London anzureisen. Gemeinsam mit Clara und Noah hielt Hugh eine Eröffnungsrede, zu der sie großen Beifall ernteten. Auch danach kamen noch viele Leute zu den dreien, um ihnen zur gelungenen Eröffnung zu gratulieren.

Der Einzige, den wir nicht auf der Feier entdecken konnten, war Bürgermeister Swanson aus dem Nachbarort Carlington – obwohl wir ihm eine schriftliche Einladung hatten zukommen lassen. Andererseits störte sich offensichtlich niemand an seiner Abwesenheit …

»Du hast deine Aufgabe hervorragend erfüllt, vielen Dank für die Koordination vor Ort«, bedankte sich Hugh bei mir, als sich der erste Trubel etwas gelegt hatte und sich die Leute angeregt in Gruppen unterhielten. Aus dem Augenwinkel sah ich, wie Noah wieder in der Küche verschwand, wo er noch gebraucht wurde. Kein Wunder, bei so viel Andrang.

»Danke. Es hat auch Spaß gemacht. Eigentlich muss ich mich für dein Vertrauen bedanken.«

»Clara hat mit dir eine ausgezeichnete Wahl getroffen. Ich bin mir sicher, ihr werdet Greenwater Hill wieder in die richtigen Bahnen lenken.«

Er prostete mir noch einmal zu, ehe er sich entschuldigte und zu seiner Freundin ging, die sich mit ihrer Schwester unterhielt.

»Das ist alles so aufregend hier!«, hörte ich Maya schnattern, als sie noch nicht einmal ganz bei mir angekommen war. »Es ist unglaublich gemütlich geworden. Ich bin mir sicher, dass wir hier regelmäßig unsere Abende verbringen werden. Hast du die Süßkartoffelpommes schon probiert? Die sind … wow! Und dann diese kleinen Shrimp-Häppchen! Wo hat Noah so großartig kochen gelernt? Du hast mit diesem talentierten Mann einen wahren Glücksgriff gelandet.«

Ich lachte über Mayas Redeschwall. »Du hast recht, es schmeckt alles total lecker!« Wie zum Beweis griff ich nach einem der kleinen Schokoküchlein vom Tablett eines Kellners.

Maya tat es mir gleich und nickte kräftig, als sie mit vollem Mund weiterplapperte. »Ich freue mich einfach so sehr für Noah und dich! Ihr habt dieses Happy End wirklich verdient, ihr Süßen. Es wäre ja echt zu schade gewesen, wenn er in New York geblieben wäre. Ich meine, ihr hattet hier euer Glück, da kam das Jobangebot in der großen Stadt einfach zur falschen Zeit. Aber es ist ja alles positiv ausgegangen, und jetzt ist er wieder hier.«

Sie lächelte warmherzig, als ihr Bruder Dean hinter ihr auftauchte.

»Gratuliere zu diesem tollen Start!« Er schüttelte kräftig meine Hand. »Und ich freue mich für dich, dass Noah nun doch zurückgekommen ist.«

Ich wollte gerade antworten, als mir Maya ins Wort fiel.

»Genau, damit du beruhigt bist, weil ein Mann im Nebenhaus ein und aus geht. Jetzt hast du immerhin jemanden, der ein Auge auf mich hat.« Sie schnaubte, verschränkte ihre Arme vor der Brust und rollte mit den Augen.

Dean zuckte lachend mit den Schultern. »Wenn du es so nennen willst …«

»Wo ist eigentlich Ted?«, erkundigte ich mich, da ich ihn noch nirgends entdecken konnte und ich außerdem einen geschwisterlichen Streit verhindern wollte.

»Der wurde zu einer Farm gerufen, bei der es beim Kalben zu Komplikationen gekommen ist. Er meinte zwar, er würde später nachkommen, aber wie lange es schlussendlich dauert, kann man nie sagen.«

»Dann hoffen wir mal, dass alles gut verläuft und Ted bald zu uns stoßen kann.«

Dean nickte, dann wandte er sich an seine Schwester. »Bevor die Tanzfläche voll ist: Gönnst du deinem Bruder diesen einen Tanz?«

»Liebend gern.« Maya reichte mir ihr fast leeres Sektglas und rauschte mit ihm davon. Den kleinen Zwist von eben schien sie schon wieder vergessen zu haben.

Lächelnd sah ich den beiden hinterher. Alle waren bestens gelaunt und unterhielten sich angeregt. Perfekter hätte der Start des *Greenwater Grill* nicht sein können.

Ich entdeckte Clara in einem ruhigeren Winkel des Gastraumes, wie sie sich gerade von einem Fernsehteam verabschiedete. Sie sah hübsch aus mit ihrem Country-Look in der karierten Bluse und mit dem dunkelbraunen Cowboyhut. Und sie strahlte, als hätte sich eben ein großer Traum für sie erfüllt.

Ich wartete, bis sich die Reporter auf den Weg nach draußen kämpften, ehe ich zu ihr ging. Sie lächelte mir durch die Menge zu und erwartete mich mit zwei Gläsern Sekt in den Händen.

Sie reichte mir eines und stieß mit mir an. »Sieh dich um! So viele sind gekommen, um mit uns die Eröffnung zu feiern, und es kamen mehrere auf mich zu, die mir angeboten haben, mich weiterhin zu unterstützen.«

»Denkst du, die Leute wissen, wie es um Greenwater Hill steht?«, fragte ich und sah in die Menge vor uns.

»Ich denke nicht. Aber lange können wir es nicht mehr für uns behalten. Und wir sollten wirklich alle Leute um Mithilfe bitten – vielleicht hat jemand ein Erbe angetreten, das er in ein neues Geschäftslokal investieren will. Und Freiwillige, die uns beim Sanieren helfen, können wir allemal brauchen.« Sie sagte es mit einem Lächeln auf den Lippen, obwohl ich wusste, dass es bitterer Ernst war.

»Wir haben diese Hürde geschafft, also werden wir es auch mit der nächsten aufnehmen«, versprach ich Clara.

Ich würde wirklich alles daransetzen, denn ich wollte, dass meine neue Heimat so blieb, wie sie war – und wenn sie sich veränderte, dann sollte sie nur noch besser werden.

Es war irgendwann nach zwei Uhr morgens, als Noah und ich völlig erledigt in mein Bett fielen.

»Was für ein Abend!« Er lachte und zog sich sein T-Shirt über. »Nie hätte ich gedacht, bereits am ersten Abend so viel positive Resonanz zu erhalten.«

»Aber so soll es doch sein! Und du wirst sehen, es wird nur noch besser laufen.«

»Ich hoffe es.«

Darauf erwiderte ich nichts mehr. Ich kuschelte mich in seine Arme und genoss es, ihn in meiner Nähe zu wissen. Ich war mir sicher, er würde als Geschäftsführer und Koch im *Greenwater Grill* total aufblühen. Seine neue Aufgabe vereinte sein gesamtes Wissen und seine Talente in einem Job – er konnte all das machen, was er liebte, und dabei auch noch hierbleiben. Bei mir. Und das erfüllte mich mit Glück, denn ich wusste, dass es genau so richtig war – für uns beide.

Der Schock und die Enttäuschung über seine Geheimniskrämerei kamen mir heute gar nicht mehr so schlimm vor. Er hatte aus Liebe zu mir gehandelt, das wusste ich jetzt. Und wir hatten beide aus dieser Situation gelernt und würden in Zukunft sensibler miteinander umgehen.

Ich freute mich auf morgen, wenn wir aneinandergekuschelt aufwachen würden.

»Wenn das *Greenwater Grill* auch in Zukunft so gut besucht ist, wird es vermutlich regelmäßig später bei dir werden«, sprach ich meine Gedanken laut aus.

Noah antwortete mit einem Brummen.

»Wenn du möchtest, kannst du dann bei mir schlafen. So musst du nicht mitten in der Nacht bis zu dir fahren.«

»Das Angebot nehme ich gerne an«, antwortete er leise. Er vergrub seine Nase in meinen Haaren und atmete tief ein. »An drei Tagen in der Woche sind meine Dienstzeiten bis zur Sperrstunde. Wenn es für dich wirklich okay ist, dass ich zu dir komme … Ich meine, immerhin musst du mit ziemlicher Wahrscheinlichkeit am nächsten Tag früh raus.«

»Ich bestehe darauf«, erklärte ich und richtete mich auf, um ihn dabei anzusehen.

Liebevoll sah ich auf ihn hinab. Das Mondlicht fand seinen Weg zwischen den Lamellen der Jalousie und malte helle Streifen auf sein Gesicht. Es war so schön, ihn hier zu wissen!

Ein aufregendes Kribbeln kroch in mir hoch bei dem Gedanken, Noah morgen meinen Zweitschlüssel zu überreichen. Es war ein großer Schritt, doch ich wusste, er war richtig. Denn Noahs Anwesenheit war mit nichts zu vergleichen, und selbst wenn er nur wenige Stunden neben mir im Bett lag, war es das größte Gefühl, das ich mir im Moment vorstellen konnte. Das hatten mir die letzten Wochen ohne ihn gezeigt.

Ich streichelte über Noahs Wange und blickte in seine grünen Augen, die genauso verliebt leuchteten, wie ich mich fühlte.

»Ich liebe dich«, raunte er. Dann lächelte er so umwerfend, wie nur er es konnte.

»Ich liebe dich auch.« Und in meinem Bauch fühlte ich den Schwarm an Schmetterlingen, die immer noch so kräftig mit ihren Flügeln schlugen wie an jenem Tag, als er zum ersten Mal in meiner Tür gestanden hatte.

Happy End

Der nächste Roman von **Sarah Saxx** erscheint voraussichtlich im Juni 2016. »**Ein Kuss für Clara**« ist der zweite Roman der "Greenwater Hill"-Reihe.

Wenn Ihnen **"Ein bisschen mehr als Liebe"** und **"A Place to Remember: Chloe & Hugh"** gefallen haben, könnte Ihnen auch dieser Roman eine schöne Lesezeit bereiten, denn Louise, Noah, Chloe und Hugh kommen darin in Nebenrollen vor.

Wie der Titel schon vermuten lässt, findet Bürgermeisterin Clara Fontaine endlich ihr Liebesglück … oder etwa doch nicht?

Um keine Veröffentlichung der Autorin zu verpassen, abonnieren Sie doch ihren **Newsletter** unter
www.sarahsaxx.com/newsletter/

Danksagung

Jedes Mal, wenn ich ein Buch beendet habe, überlege ich, ob ich eine Danksagung schreiben soll. Natürlich gibt es immer jemanden, dem ich danken möchte; jemand, ohne dessen Hilfe zumindest ein Teil dieses Buchs nie entstanden wäre.

Ab und zu kommt es auch vor, dass ich selber Zeit habe, ein Buch zu lesen. Wenn ich die letzte Seite des Romans erreicht habe, bin ich einerseits traurig, freue mich aber gleichzeitig auf die Danksagung. Sie gibt mir als Leser einen kleinen Einblick in den Schaffensprozess. Oftmals werden interessante Details verraten, die Kleinigkeiten aus dem Leben des Autors verraten – und das finde ich schön, weil es ihn menschlich und greifbar macht.

Wenn ich ein Buch schreibe, schreibe ich es für mich. So egoistisch das vielleicht klingen mag, aber ich denke mir diese Geschichten aus, weil ich sie als Leser genau so lesen wollen würde. Weil sie mir so, wie ich sie forme, das größte Lesevergnügen bieten würden. Und genau deshalb verfasse ich auch diesmal wieder eine Danksagung. Einfach, weil ich mich nach jedem Buch darauf freue, und auch, weil es so vieles gibt, das ich zurückgeben will an die Leute, die mich beim Schreiben unterstützt haben.

Inspirationsquelle in so vielen Weisen war und ist meine herzallerliebste Franziska Schuster. Was bin ich froh, dass ich dich in den Schreibprozess miteinbeziehen darf, dich zu allen möglichen und unmöglichen Tageszeiten mit meinen Fragen und Selbstzweifeln nerven darf. Ohne dich würde ich mich regelmäßig verloren fühlen. Danke für alles!

Zudem möchte ich mich bei meinen wunderbar kreativen Followern auf meiner Facebookseite bedanken. Mitte Februar habe ich euch gebeten, mir bei der Namenssuche für ein fiktives Restaurant in New York zu helfen. Dieses wurde dann zwar im Laufe des Entstehens wieder aus dem Manuskript gestrichen, aber trotzdem waren tolle Ideen dabei, von denen ich einige „behalten" habe:

Danke an Stephanie Scharf für die *Monkey Bar*, an Stephanie Kuchra für *The High* und an Arwyn Yale für *New Eden*, aus dem das *New Eden, Food and Beverage Import & Export*, New York wurde.

Natürlich gilt mein Dank auch alle anderen, die wirklich tolle Vorschläge gepostet hatten. Wer weiß, vielleicht zieht der eine oder andere Name noch in Greenwater Hill ein.

Außerdem haben diesen Roman liebe Personen aus meinem Umfeld beeinflusst: mein Mann, der irgendwann einmal davon träumte, auf einem Kreuzfahrtschiff als Koch zu arbeiten; meine Mama, die in ihrer Kindheit mit einer Langhaarcolliedame namens Pia aufwuchs, die aussah wie Lassie in der gleichnamigen Fernsehserie, und mein Schwiegerpapa, der vier Löffel Zucker in seinen Tee gibt, ohne ihn umzurühren, weil er ihn nicht süß mag. Ursula Punz, danke für deine Hilfe bei der Suche nach dem richtigen Studium für Louise.

Meine liebe Kollegin Anna Winter hat mich wieder einmal gerettet, indem sie mir geholfen hat, einen Klappentext zu formulieren, der weder spoilert noch langweilt. Meine Leser und ich sind dir sehr dankbar dafür.

Danke, liebe Konny, für deine Geduld mit meinem Manuskript, für deine Motivationskommentare am Rand, die mich, obwohl du den Text mit dem Rotstift bearbeitest, an mich und das Buch glauben lassen. Und danke, liebe Sybille, für deine Adleraugen und deine akribische Suche nach der sprichwörtlichen Nadel im Heuhaufen – auch bekannt als die letzten versteckten Tippfehler im Roman.

Ohne meiner Familie könnte ich niemals diesen Traum leben und euch, liebe Leser, mit Geschichten versorgen. Ich danke euch, meine Liebsten, so sehr für euren Rückhalt, eure Unterstützung und euren Glauben an mich verrückte Nudel – ich liebe euch!

Der größte Dank geht jedoch an meine Leser. Ohne euch säße ich heute in einem Büro und würde einen Job erledigen, in den ich nicht mein Herzblut fließen lassen kann. Ich wäre jeden Montag mies gelaunt und würde mich am Freitag freuen, dass endlich das Wochenende beginnt.

Dank euch kann ich mich aber jeden Sonntagabend auf den nächsten Tag freuen; darauf, endlich wieder romantische Geschichten zu Papier zu bringen, mit dem festen Glauben daran, dass sie euch genauso bewegen wie mich.

Lesen Sie mehr von Sarah Saxx

Das Leben und sein hinterhältiger Plan

Threesome: Wo die Liebe hinfällt

Auf Umwegen ins Herz (Auf Umwegen 1)
Mit Verzögerung ins Glück (Auf Umwegen 2)
Auf Irrwegen zu Dir (Auf Umwegen 3)

Ein kleiner Funken Hoffnung
ist auch in der Anthologie erschienen:
Hoffnung – Vertrauen – Vergebung:
Drei Geschichten über die Liebe

Ein bisschen mehr als Liebe (Greenwater Hill 1)
Ein Kuss für Clara (Greenwater Hill 2)
– ab Juni 2016

Alle Romane der Autorin können unabhängig
voneinander gelesen werden.

Um keine Neuerscheinungen zu verpassen,
abonnieren Sie ihren Newsletter unter:
www.sarahsaxx.com/newsletter/

Kennen Sie schon ...

"A Place to Remember: Chloe & Hugh" – die indirekte Vorgeschichte zur "Greenwater Hill"-Reihe:

Über das Buch:

Die einundzwanzigjährige Kunstgeschichtestudentin Chloe Fontaine ist hoffnungslos romantisch und liebt alte Dinge. Regelmäßig besucht sie den Londoner Antiquitätenladen „A Place to Remember", um darin zu stöbern und ihren Träumen nachzuhängen. Dort begegnet sie Hugh Ward, der die Finanzen dieses Familienbetriebs verwaltet.

Als knallharter Geschäftsmann hat er für den alten Krempel jedoch gar nichts übrig. Aber ausgerechnet die schüchterne Chloe fasziniert ihn, und auch sie kann sich dem besonderen Reiz, den Hugh auf sie ausübt, kaum entziehen. Wäre da nur nicht diese eine Erfahrung aus Chloes Vergangenheit, die alles überschattet …

Leseprobe:

»Ich muss mal.« Ohne abzuwarten, was Michelle darauf sagen würde, drehte ich mich um und steuerte schwankend den Durchgang des Clubs an, durch den wir vor einer guten Stunde gekommen waren. Wäre ich doch nur zu Hause geblieben …

Doch diesen Wunsch nahm ich sofort zurück, als ich über mir ein bekanntes Gesicht erkannte – oder zumindest dachte, es zu erkennen. Erst schrieb ich es dem Alkohol zu, der meine Sinne verwirrte, doch dort oben stand tatsächlich … Hugh Ward! Ruckartig blieb ich stehen.

Er hatte sich mit beiden Armen auf die Brüstung gestützt und ließ seinen Blick über die Menge schweifen. In seinem dunklen Anzug sah er unglaublich gut aus, und sein Stirnrunzeln machte ihn noch interessanter. Ich fragte mich, was er gerade dachte … ob er genauso gern wie ich von hier wegwollte? Er wirkte in diesem Moment nicht wie jemand, der feierte und Party machte. Eher so, als würde er auf ein Zeichen warten, um diesen Club verlassen zu können, ohne als unhöflich zu gelten.

Ich suchte seine Umgebung ab, soweit ich die Menschen dort oben durch das Glas der Brüstung, in dem sich die Lichter der Tanzfläche spiegelten, erkennen konnte. Doch es sah nicht danach aus, als wäre er in Begleitung. Und wenn, dann war ihm diese offensichtlich egal.

In diesem Augenblick senkte er den Blick und sah mich direkt an. Für einen Moment war es, als würde er durch mich hindurchsehen, doch dann richtete er sich auf. Im blitzenden Licht der Scheinwerfer erkannte ich, wie er mich mit zusammengekniffenen Augen musterte. Er legte den Kopf leicht schief, und ein Lächeln bildete sich auf seinen Lippen. Ich konnte nicht anders, als es zu erwidern.

Als sich jemand ohne Rücksicht an mir vorbeidrängte, spürte ich einen festen Schlag an meiner Seite. Dass es genau jetzt passierte und noch dazu so heftig, dass ich ins Taumeln geriet und an einem der Stehtische neben mir Halt suchte, war Pech. Denn als ich den Blick wieder hob, konnte ich Hugh Ward nicht mehr entdecken.

Hatte ich ihn tatsächlich gesehen? Vielleicht hatten mir meine Augen einen Streich gespielt und mich nur glauben lassen, dass er dort oben gestanden hatte? Aber zumindest für einen klitzekleinen Moment hatte sich meine Stimmung wieder gehoben. Doch jetzt, da er nicht mehr zu sehen war, hüllte mich die Realität wieder ein in ihren lauten Bässen der Musik, den grellen Lichtern und den verschwitzten Menschen, die sich an mir vorbeischoben.

Frustriert seufzte ich auf und setzte meinen Weg zu den Toiletten fort. Ich beschloss, mir ein Taxi zu nehmen, falls Michelle bei meiner Rückkehr immer noch in den Armen ihres Flirts hängen sollte.

»Miss Fontaine …? Chloe!«

Ich hatte mich also doch nicht getäuscht. Sofort schlug mein Herz schneller, als ich mich zu der bekannten Stimme umdrehte. »Mister Ward?«

Er drängte sich durch die Menge und blieb ganz dicht vor mir stehen. »Du bist es tatsächlich …«

Diese Vertrautheit und sein ehrliches Lächeln brachten mich völlig aus dem Konzept. Dabei sah er mich überrascht und besorgt an. »Alles okay? Dieser Idiot hat dich ja wirklich heftig angerempelt.«

Er griff nach meinen Händen, und sofort durch-flutete mich ein Gefühl von Sicherheit.

»Alles gut«, erklärte ich.

»Ich ... das ... du siehst wunderschön aus. Dich hätte ich hier nicht vermutet. Umso mehr freut es mich, dich hier zu treffen.«

»Ich hätte mich bis vor wenigen Stunden selbst nicht hier vermutet«, gab ich ehrlich zu und lachte. »Und so schnell werde ich auch nicht mehr hierherkommen.«

»Gefällt dir der Club nicht?« Er runzelte wieder die Stirn, was ich als überaus sexy empfand.

Sexy! Schockiert von meinen eigenen Gedanken schüttelte ich den Kopf. »Nein, das ist es nicht. Der Club ist wirklich beeindruckend, aber nicht ganz das, was ich unter einem gelungenen Abend verstehe.«

»Wie meinst du das?«

Täuschte ich mich oder schwang in seiner Stimme Unsicherheit mit?

»Na ja, ich bin eher der ruhigere Typ, wenn du ver-stehst, was ich meine. Das hier ...« Ich deutete auf meine Kleidung. »... bin nicht ich. Hätte ich heute eine Wahl gehabt, würde ich jetzt mit bequemen Jeans in einem gemütlichen Pub sitzen.« Oder in meiner Woh-nung, aber das verschwieg ich dann doch ...

Nun lachte er kurz auf und wischte sich über den Nacken. »Dann freut es mich umso mehr, dass du doch hier gelandet bist.«

Als er das sagte, kam er noch näher auf mich zu. Die laute Musik um uns nahm ich kaum mehr wahr. Die tanzenden oder in Gruppen zusammenstehenden Menschen wurden zu Schemen, als könnten meine Au-gen nur noch einen einzigen Mann deutlich sehen. Un-weigerlich versank ich in seinen dunkelbraunen Augen, bis sich mein Blick an seine Lippen heftete. Ich war mir so sicher, dass der Alkohol zu sehr Kontrolle über mich hatte. Denn unter normalen, nüchternen Umständen würde diese Situation ganz anders verlaufen. Doch ich konnte mich nicht von ihm lösen, nicht meine Hände zurückziehen, die seine warmen Finger immer noch umfassten, als wäre es das Normalste auf der Welt. Ich fühlte mich gefangen in seinem Sog, der mich bereits bei unserer ersten Begegnung im Antiquitätenladen völlig aus dem Konzept gebracht hatte. Jetzt erlebte ich nur noch eine Steigerung des Ganzen.

»Ich bin auch froh, dass ich mich habe überreden lassen«, gestand ich und sog heimlich den Duft seines Aftershaves in mich auf. Seine Nähe löste ein Sehnen in mir aus, bei dem ich wusste, dass ich all meinen Anstand über Bord werfen würde, wenn er nicht sofort Abstand zwischen uns bringen würde. Aber wollte ich das wirklich? Nein, ich wollte keine Distanz zwischen uns. Ich wollte seine Haut fühlen, seine Lippen auf meinen. Ich wollte, dass er mich in die Arme nahm und nicht mehr losließ. Verrückterweise sehnte ich mich so sehr nach Hugh, als gäbe es kein Überleben ohne ihn. Und dabei wusste ich so wenig über ihn, und was ich wusste, verstörte mich.

Als hätte er meine Sehnsüchte an meinen Augen abgelesen, schob er langsam eine Hand in meinen Nacken, die andere fühlte ich an meiner Taille. Sofort prickelte meine Haut an den Stellen, an denen ich seine Finger fühlte. Ich hatte keine Ahnung, welcher Teufel mich ritt, als ich die Augen schloss und gleichzeitig das Kinn anhob. Es war, als hätte eine fremde Kraft Macht über mich erlangt und würde mich führen. Meine Arme legte ich an seine Schultern, wo ich die

Bewegungen seiner Muskeln vage durch den Anzug fühlte, als er mich nur noch mehr an sich presste.

»Chloe«, hauchte er und entlockte mir ein leises Schnurren. Inzwischen sehnte ich seinen Kuss so sehr herbei, dass ich alles dafür gegeben hätte. Als sein Atem auf mein Gesicht traf, öffnete ich die Lippen, die vor Begierde zu kribbeln begannen, während mein schneller Herzschlag einen riesigen Schwarm an Schmetterlingen in meinem Bauch wachtrommelte.

»Da bist du ja … ich hab dich schon … überall gesucht.«

Michelles lallende Worte drangen schwach zu mir durch. Ich fühlte, wie sich Hugh wieder von mir entfernte, und blinzelnd versuchte ich, zu verstehen, was hier eben passiert – oder besser gesagt nicht passiert war.

Über Sarah Saxx

Gleich mit ihrem Debütroman „Auf Umwegen ins Herz" landete Sarah Saxx einen E-Book-Bestseller und lebt seither ihren Traum: Leser mit romantischen Geschichten tief im Herzen zu berühren und dieses gewisse Kribbeln auszulösen. Die 1982 im Sternzeichen Zwillinge geborene Tagträumerin liebt Milchkaffee, wilde Achterbahnfahrten und Jazzmusik.

Sarah schreibt, liebt und lebt in Oberösterreich und verbringt ihre freie Zeit am liebsten mit ihrem Mann und ihren beiden Töchtern.

Mehr Sarah Saxx:
Website: www.sarahsaxx.com
E-Mail: buch@sarahsaxx.com
Facebook: www.facebook.com/Sarah.Saxx.Autorin
Twitter: twitter.com/SarahSaxx
Youtube: www.youtube.com/user/SarahSaxx

Sie wollen die Autorin unterstützen? Folgen Sie ihr auf ihren Kanälen und bewerten Sie ihre Bücher. Damit ermöglichen Sie, dass Ihre Autorin Sie auch weiterhin mit bewegenden Geschichten versorgen kann.

Impressum:
A. Zwölfer
Linzerstraße 16
A-4283 Bad Zell
Österreich

www.sarahsaxx.com
buch@sarahsaxx.com